岩　波　現　代　文　庫

101年目の孤独

希望の場所を求めて

高橋源一郎
Genichiro Takahashi

文芸 326

岩波書店

まえがき

昔々、ニッポンという国がありました。どの国にもいいところと悪いところがありますから、とりたててニッポンという国が悪い国だったというわけではないと思います(たぶんですけど)。でも、どうひいき目に見ても、あまりいい国とはいえないようでした。

たとえばですよ、子どもがあまり大事にされていません。学校というところに送られると、「イジメ」とかにあうみたいですし、家に戻っても「虐待」されたりするし。そんなひどい目にあってるのは、例外だよ、という人もいます。でも、そうなんでしょうか。先生たちは、書類をたくさん書かなきゃいけなくて、生徒たちに付き合う暇がありません。

お父さんにしたって、会社の業績はどんどん落ちて、給料ももう長い間上がっていないので、自分の子どものことを考えている余裕がありません。なにしろ、「うちの会社、危ないみたいだぜ」と社内でひそひそいう声が聞こえてくるんですから。お母さんは近所のスーパーにアルバイトに行こうかと思っています。でも、そういうところの仕事はみんな、賃金が安くてすむ外国人がやっていて、もぐりこむのは難しそうです。そうそう、それにお母さんには、年取った両親がいて、お母さんの方は腎臓病だしお父さんの方は最近認知症の疑いが濃厚です。どうしたらいいんでしょう。とても家で引き取ることなんかできない。その家だって、もしかしたら、ローンが払えなくて手放さなくちゃいけないかもしれないのに。どこか入れる施設があるんでしょうか。あったとして、費用を払えるんでしょうか。

そういうわけで、なんだか、この国では、みんなの心に冷たい風のようなものが吹いているような気がします。生活保護をもらっていると、それだけでうさん臭い目で見られる。貧しいことはイケないこと、老いることもイケないこと。ましてやビョウキやショウガイを持つことなんて(みんな口に出してはいないけど)、とんでもない。めんどうくさい。手がかかる。お金もかかる。赤ちゃんを抱えたお母さんが、電車に乳母車を持ちこむだけで文句をいう人がいるんです。

わたしは一度、電車の中で、臨月に近い大きなお腹をしたお母さんが立っているのを見ました。席に座っている人たちは、みんなそのお母さんを見ないふりをして(もしかしたら「ふり」ではなかったのかもしれませんが)、携帯電話の画面に夢中になっていました。あまりのことにわたしが文句をいおうとしたら、その電車の端っこの方に座っていた(たぶん)フランス人のバックパッカーが、ずっと遠くから走ってきて、そのお母さんに「スワッテクダサイ」といったのでした。

そして、この本は、そんなニッポンという国でのお話です。

目　次

いいんだよ、そのままで

ダウン症の子どもたちのための絵画教室

一

それは、一九八四年のことでした。「東京・代々木のビルの一室」で開かれていた、佐藤肇さんと佐藤敬子さんの、「子どもアトリエ」に「見慣れない顔つきをした六歳の少年がやってきました」。佐藤肇さんは、その出会いについてこんな風に書いています。

そしてやってきたのが、なんとも不思議なたたずまいの六歳の石川英太君でした。この出会いで私が最初に感じたのは、英太君が持っている「やわらかい空気感」でした。

英太君はダウン症であるばかりでなく、聴覚障害も持っているということでした。だから言葉が出ずに、私たちとはボディランゲージでしかコミュニケーションできません。けれどアトリエの入り口に立った瞬間に、英太君は私のその日の気分を感じ取ってしまう。いえ、私には「感じ取られてしまう」という感覚があったのです。私はまず、そんな英太君の心のありように「感化」されてしまったといっても過言ではないと思います。

「この感覚は現代社会の中で失われつつあるものではないのか」、それが私の直感でした。とはいえ、この時私は、英太君の感性が「ダウン症児に特有なもの」という認識はありませんでした。むしろそれは、石川英太という個性が持っているものと思っていたのです。

（佐藤肇・佐藤敬子『いいんだよ、そのままで』）

これが、すべての始まりでした。

画家として暮らしてきた佐藤肇さん・敬子さん夫妻は、ダウン症児である石川英太君の描く絵に衝撃を受けます。そこにはなにかがある！　佐藤さん夫妻は、そのことを感じとったのでした。

その頃、佐藤さん夫妻は、悩んでいました。佐藤さんの絵画教室にやって来る子どもたちが、すっかり変わってしまったような気がしたからです。「今日の絵に何点くれる？」と訊ねる子どもがいました。あるいは、「この絵は何分で描くのですか？」と訊ねる五歳の子どもがいました。

もしかしたら、私立の小学校の入試に合格するような絵を描かせたいと親が願っていたのかもしれません。いまの子どもたちは、まるでブロイラーじゃないか。時は、まさに、すべてがお金を中心に回るバブルの時代でした。あらゆる分野に「競争」が入りこもうとしていました。

こんなところでは、「教育」なんかできない。そう思った佐藤さんは、生活と創作の拠点を東京から、自然に溢れた、三重県の志摩に移したのです。

ところが志摩に来てみると、そこには私たちが「懐かしい」と思う子どもたちがたくさんいました。敬子が書いているように、みな無邪気で元気で活発です。東京から絵を描く変な親子がやってきたという噂が広まると、好奇心に瞳をきらきらさせながらわが家を訪ねてくるのです。そして私たちが絵を描いているのを観て、天真爛漫な表情で「僕にも描かせて」「私にも」と訴えてきます。

（中略）

もちろん、ここにはマクドナルドもケンタッキーもありませんでした。子どもたちは、大人と一緒にサンマを丸かじりします。そしてサンマのはらわたのあの独特の苦みを知ることで、魚のうま味と漁師さんの仕事の大変さを感じるのです。子どもの頃からハンバーガーやフライドチキンのやわらかさと人工調味料の味に慣れてしまったら、それだけでアメリカの戦略にはまってしまいます。志摩の子どもたちはそんな戦略からは最も遠いところで、毎日毎日大自然のめぐみの本当の味を感じながら育っているのです。

その素朴さが、私たちにはまぶしく感じられました。　（同右）

「エレマン・プレザン」と名づけられたアトリエが志摩に誕生して、少したって、佐藤さん夫妻は「うちの子はダウン症です。絵を教えてください」というお母さんの「突進」を受けます。佐藤さんは、それを受け入れ、そして、以前、東京で会った石川英太君のことを思い出します。すべてが繋がってゆきました。

志摩で受け入れたダウン症の子どもたちの絵に、佐藤さん夫妻は再び驚愕します。そこには、明らかに、わたしたちが知らなかった、あるいは気づかなかった新しい「美」が存在していたのです。子どもたちの絵が展覧会で紹介され、世間に深く、大きな衝撃を与えてゆく中で、佐藤さんが、東京のアトリエを再開したのは、それからもう少し後のことでした。

二

わたしが、世田谷区経堂のアトリエ・エレマン・プレザン東京を訪ねたのは、まだ夏の日差しの強い土曜のことでした。

アトリエ・エレマン・プレザン志摩は佐藤肇・敬子さんが主宰し、東京は、佐藤さん夫妻のお嬢さん、よし子さんと、そのパートナーの佐久間寛厚さんが主宰しています。

アトリエが経堂に移ってからはまだ数年しかたっていません。経堂駅から歩いて十分もかからないでしょう。商店街のすぐそば、大きな美しい屋敷のすぐそばに、その建物はありました。

アトリエには使いこんだ、大きな机が、絵を描きにやってくるダウン症の人たちを待っています。この日の午前クラスに現れたのは、かずきくんとちえこちゃんとやまとくんとたくまくんでした。彼らは、自分の席につくと、紙をもらい、それから、いきなり絵を描きはじめました。それは、ほんとうに驚くほど素早くて、まるで最初から頭の中に描くことが決まっているかのようでした。たくさん並んでいる絵の具にささった筆をさっと選んで、白い紙に撫でつける。そして、また、さっと別の絵の具に差しこんである筆を迷うことなく選んで、紙の上で舞うように色をつけてゆく。時には細い線になり、太く雄渾な色の巻物になり、また時には、いったん塗った色と柄の上に、まったく別の色が塗られてゆく。とても速い。それだけではありません。子どもたちは、彼らの真ん中に座っている佐久間さんと、ずっと、楽しくおしゃべりしながら描いていたのです。

「ほんとに、こっちから働きかけないいんですね」とわたしがいうと、佐久間さんはこう答えました。

「アトリエの理想は、作品もそうだけれど、究極には、ダウン症の人たちが本来の自分のままで生きられるようにすることです。だから、現場でも、ぼくたちは絵に対して口を出さないようにやっています。でも、放っておいて、それが彼らの『そのままの姿』なのかというと決してそうじゃありません。社会的な状況や家庭の中で、いろいろ心のひずみができて、そのまま素直に自分を出さなかったりする。だから、作品に向かう時には、彼ら本来の性質に戻してあげる作業が必要になります。

学校や福祉の場とか、それから、ここにいる彼らは作業所に行ったり、病院に行ったりするんですけど、そういう環境で、なぜ彼らの心が歪められていくのかって考えるんです。彼らの側の問題じゃない、管理する側の考え方の問題じゃないか。管理する方が楽なんです。

障害を持っている人の作品の展覧会があるから、というので、ぼくもけっこう見に行ったりするんですよ。でも、瞬間的に、見て、わかる。あ、だれか、これを描かせているなって。絵って、そういうものがぜんぶ現れるんです。これ、絶対、いじってるなって。もし彼らを指導してなんかいない、と言い張るんだとしたら、指導はしてないけど、こうあってほしいという目で誘導している。だから、本来の彼らの性質じゃないものが絵の中に出てる。

ぼくたちに、能力がなかったら、そっちの方がずっとやりやすい。だって、完成図が、ぼくたちの中に一枚あって、そこに近づける作品を描かせればいいんです。

でも、ひとりひとりがまったく違うんです。そして、一枚の作品の中で、ぼくたちが想像もできないものを見せてくれる。そういうとっかかりを、彼らは投げかけてくる。それを、瞬間的に拾わなきゃならないんです。彼ら自身にだってはっきりとはわからないものを、ぼくたちに投げかける。それを、見逃さずに拾う。そうしなきゃ、はっきりしたカタチにならない。それができて、初めて、彼らもほんとうの意味で自由になるんです。そして、自由って、ほんとうにすごいんですよ」

ちえこちゃんが描くのはAKB48のコンサート。何層もの色が重なったコンサート会場に、ちえこちゃんは、ひとりひとり数を数えながら、四十八人のアイドルを(たくさんの丸だけど)描いてゆきます。すっごく楽しい。まるで音楽が聴こえるみたい。そりゃそうです。だって、描き終わると、ちえこちゃんは、iPodから聴こえてくる「ヘビーローテーション」に合わせて、きちんと振り付け通り踊ってくれたのですよ！

かずきくんは、何を描いているのでしょう。大丈夫。なにを描いているのかは、かずきくんがちゃんと教えてくれます。

「これはなに？」と佐久間さん。

「幽霊だよ」とかずきくん。

「幽霊なの？」

かずきくんは、あっという間に作品を仕上げた。キヨシローのファンで、カズキーズというバンドも結成している。(『いいんだよ、そのままで』より　撮影：横木安良夫 ©2013 Condé Nast Japan)

「うん。五十年前に、ぼくは死んで、ふたりの娘がいたんだよ」

「そうだったんだ！」

「そうだよ。それで心配で、時々、見に来るんだ」

　佐久間さんも、佐藤さんも、教えない。彼らは、忍耐強く、待っています。なにを、か。彼らが、なしとげようとしていることを。彼らは、筆を持ってゆっくりと、見知らぬ場所を歩いています。「どこへ行くの？」とか「そっちじゃないよ」といってはいけない。

　なぜなら、「命令」が下された瞬間、彼らの中で、微かに揺らめいていた炎のようなものが消えてしまうことを、佐久間さんも佐藤さんもよく知っているからです。

「うちに来ると、泣いて帰る子がいます。美大生とか。ショックなんだと思います。悔し涙みたいな感じですね。今の子って、ほんとうの自由というものを知らない、初めて見たのかもしれないですね。

ぼくたちのところは、真っ白な紙があって、絵の具が置いてあるだけです。あとはなにもありません。ちょっと変わった絵の具を使っていることに気づかれましたか？　なぜ、油絵の具を油絵の具的に使ってないかというと、プロの使い方だと乾かすまで何カ月もかかってしまうからです。それは構築的な考え方ですね。でも、そうやると、彼らダウン症の人たちの自由度が遮られてしまうんです。

この社会で、わたしたちは、自由だとはいっても、ある程度自分をセーヴしちゃってます。それは、みんな、完全にセーヴをかけないで自由に本能のままになにかすると、ろくなことが起きないと思ってるからです。でも、そうなんでしょうか。ちっちゃい子にワークショップなんかで、自由に絵を描かせると、自由度でいうと、ダウン症の人たちと同じようなものを描きます。でも、終わり方がわからないんです。最後はぐちゃぐちゃになっちゃう。ところが、ダウン症の人たちは、きれいなバランスでさっと終わることができる。

人間がほんとうに自由な気持ちになった時、なにかそこにある種の法則というか、秩序のようなものが生まれるのではないでしょうか。彼ら、ダウン症の人たちを見ていると、そうとしか思えないのです」

三

午後の時間になりました。この時間にやってくるのは、午前よりもっとお兄さんか、お姉さんの歳の人たちです。やっぱり、彼らも、さっさと自分の席に陣取ると、流れるように、描きはじめました。

まず、もえちゃん。もえちゃんが描いているのはハート、愛のしるしです。なんともいえない、深い情感が溢れてくるようです。もしかしたら、それはもえちゃんの内側で燃え盛っている火なのかもしれません。

一方、はるこちゃんはわたしにもよくわかる絵を描いています。「家」の絵ですね。はるこちゃんは、どんどん描く。最初に描いたのは「けんちくのみえけんのおうち」。実は、近々、はるこちゃんは、よし子さんと一緒に、「ダウンズタウン」という、ダウン症の人たちが暮らしていけるひとつの街の建設予定地を見に、三重県まで行くのです。そして、はるこちゃんは、そこでみんなで一緒に暮らせたらいいなあと思っているのでした。だから、はるこちゃんが描いていたのは、理想のお家だったのですね。

さて、異彩を放っているのは(もしかしたら、全員そうなのかもしれませんが)、あんなちゃんです。ずっと年長のお兄さんやお姉さんに混じって、あんなちゃんはまだ中学生。でも、あんなちゃんがいないとなんとなくこのグループはまとまらない。そんな感じもします。それから、あんなちゃんは描くのが速いのです！　まるで風のようです。ビュン！　あんなちゃんが筆を振るう（まさに「振るう」としかいいようがないのです）。描かれた曲線の先からは、絵の具が吹き飛んでゆきます。まるで彗星の尾っぽのようです。こりゃたいへん。佐久間さんが、みんなの絵のところに、あんなちゃん発の絵の具が飛ばないように「壁」を作ります。

いいや、もっと異彩を放っている人がいました。だいすけくんです。だいすけくん（二十三〜二十四歳だそうです）は、黙ってひたすら、白い画面を見つめています。それから、おもむろに、定規を出して、画面にあてます。それから、また沈思黙考。そして、定規。再び、頭を振って、考えています。いいでしょう。みんな、それぞれのやり方があるのですから。

その間に、もえちゃんが、絵を完成させました。なんかカッコいい。佐久間さんが、その絵のタイトルを訊ねます。これは、アトリエでの大切な儀式なんです。もえちゃんは自信たっぷりにいいました。

「ちょっと暗い、まっしぐらになって燃えている恋」

なるほど。佐久間さんは、そう呟いて、ノートにもえちゃんの絵のタイトルを書きこみます。おや、はるこちゃんは二作目の「さくまさんのお屋敷」に続いて、三作目も完成させたみたいです。

「はるこちゃん、この絵のタイトルは？」とわたしが訊ねると、はるこちゃんはこういいました。

「たかはしけんちく！」

はるこちゃんはわたしのことを気にいってくれたみたいです。はるこちゃんが描いてくれた(たぶん)わたしの家には、さっき、はるこちゃんに話した、昔、わたしが飼っていた猫のヘンリーの姿も描きこまれていました。ありがとう、はるこちゃん！

さて、佐久間さんが真剣な顔つきで、あやなちゃんと話しています。あやなちゃんは紙に様々な色で目一杯描きこんでいます。いったいなにを描いたのでしょう。実は、あやなちゃんの絵のタイトルはきちんと聞いていないとわからなくなってしまうのです。あやなちゃんが一枚目のタイトルをいいます。

「ガイオンガエ　エックスオンの　ガイオンの　エルホンバイオンの　バイ　バイオンガエ　ガエンバンガイオン　ウンチマンホンの　××(わたしがとっていたメモのこの部分は絵の具が飛んで字が消えてしまいました)ガエックス　オンボーオン　ガエンバンクスオンガエガックス」

オーケイ。どうやら正しく書けたようです。佐久間さんは、二枚目のタイトルに移ります。あやなちゃんは静かに、確信をこめて、こういいました。

上：もえちゃんは、絵のタイトルを「ちょっと暗い、まっしぐらになって燃えている恋」とつけた。**中**：はるこちゃんは、わたしの家も描いてくれた。**下**：あんなちゃんは、さっさと２枚描き上げると、別室に行ってほかのことを始めた。(『いいんだよ、そのままで』より　撮影：横木安良夫 ©2013 Condé Nast Japan)

「ガイオンガン　ダイモンマエモンモン×××（わたしにはよく聞きとれませんでした！）のノーマンボ　ガエンオンガエ　ガイバンバキューバーバベキューオン　ガエモンガガイオンガエックス」

たぶん、こうだと思います。ちがってたら、ごめん、あやなちゃん。

それから、もちろん、佐久間さんは、画面が爆発しているように見えるあんなちゃんのところにも行きます。

「あんなちゃん、タイトルは？」

「ぢごくのばつ」

「こっちは？」

「くすりのまやく」

描くのも速いけれど、あんなちゃんは、タイトルも簡潔です。

でも、この日のクライマックスはまだです。ずうっと、定規と無言の格闘を繰り返していただいすけくんが、いつの間にか、その定規でなにか建物の輪郭のようなものを引き、それからおもむろに、色を塗り始めていたのです。そんなだいすけくんを、佐久間さんがいとおしむように見つめています。

「昔に比べたらずっと速くなりましたよ。最近は二時間で一枚仕上げることだってあるんですよ。ここに来た最初の頃は、ただもうずっと定規で測っているだけでした。いまはけっこう表情も豊かになって、笑ったりもしますからね。しゃべらないけど、コミュニケーションだってちゃんととれるようになってきました」

さて、気がつくと、夕方です。そろそろ、みんな、帰る時間。お母さんやお父さんが迎えに来ます。そして、出来上がったばかりの作品に目を通します。わたしはといえば、あまりに濃密な時間に、圧倒されていたのでした。

四

佐藤肇さん・敬子さん夫妻が、ダウン症の子どもたちと出会ってから三十年近くがたちました。肇さんや敬子さんは、まずなによりも、ダウン症の子どもたちの持つ「美」に関する能力に圧倒されたのでした。それは、「アール・ブリュット」と称される、現代美術の異端の流派、精神障害者たちの作り上げる独自の美術にも似ていました。

しかし、同時に、ダウン症の人たちの描く絵には、「アール・ブリュット」の絵画にある否定性はありませんでした。その豊かな肯定性は、別の種類の「美」だったのです。「いいんだよ、そのままで」ということばは、そんな能力を持つダウン症の子どもたちへ贈る、肇さんや敬子さんからのメッセージだったのです。

よし子さんは、そんな両親とダウン症の子どもたちとの交流を見て育ちました。よし子さんは、わたしが魅きつけられたのは、画家であった両親とは違い、子どもたちの「存在」そのものだったように思うと、いいました。子どもたちは、わたしたちと同じ人間なのに、まるで天使のようだ、とよし子さんは思ったのです。

「彼らは老化が早いんです」とよし子さんはいいました。「二十歳過ぎると、体力がガタンと落ちる。ふつうの人の五十代ぐらいの感じになる人もいます」

「そうです」と佐久間さんもいいました。

「成熟も早い。彼らの場合には、濃い、といった方がいいかもしれない。早く成熟して、早く老いる。はるこちゃんとか一緒にいても、そのへんを散歩していて、いろんなものを見つけるんです。いろんなものに心を動かしている。速い時間の中で生きているんです」

そろそろお暇《いとま》の時間が、「夢の時間」の終わりが近づいていました。アトリエの机の上には、彼らの描いたばかりの絵が置いてありました。

考えるべきことがあまりにもたくさんあるような気がわたしにはしました。けれど、とりあえず、とわたしは思いました。家に戻ったら、子どもたちを抱きしめることにしよう。そうわたしは思ったのでした。

たいへんなからだ

身体障害者の劇団「態変」

一

いまは「障害者」ではなく「障がい者」と書くことも多いようだ。当然かもしれない。「害」という文字を見つめていると、ちょっとこれはおかしい、とわたしでも思う。けれども、わたしの中に蓄えられている辞書に載っているのは「障害者」ということばだけだ。だから、それを使うことにしたい。

わたしの父親は障害者だった。父親は、幼い頃、小児麻痺にかかり、右足が不自由だった。その右足は、左よりも短く、しかも膝から下が捩じれていて、その上幼稚園の子どもなみに細かった。父親が歩くと、体が激しく上下に揺れた。もちろん、走ることなどできなかった。

不思議なことに、そんな父親を、わたしは「障害者」とは見なしていなかった。小さい頃、いまよりたくさん、「障害者」を見たような気がする。街角に、白い服を着て、なぜか軍帽をかぶった人たちがいた。「傷痍軍人」と呼ばれる人たちだ。手や足を失い、中には、小さな台車のようなものに座っている人もいた。アコーディオンで悲しげな音楽を奏でている人もいた。

そんな「傷痍軍人」を見ると、小さかったわたしは、怖くなって、母親の背中に隠れた。けれども、家に戻り、父親を見ても、「おかしい」とはまるで思わなかった。生まれた時から、ずっと、父親を見て育ったせいなのかもしれない。父親もまた、自分の障害にまるで無頓着であるように見えた。朝、父親がする最初の「作業」は、細く、捩じれた足に包帯を巻くことだった。毎朝、父親は、器用に「作業」をした。そして、わたしは、いつも、その様子を飽かずに眺めていたのだった。

二

大阪市の東淀川にある、劇団「態変」の稽古場に、わたしはいた。ゴム製のマットが敷かれた空間の端っこに座り、新作『虎視眈眈』の稽古が始まるのを、わたしは待っていた。

音楽が流れ始めた。

ミュージカル『雨に唄えば』のテーマ曲が、軽快に。ひとりの役者が舞台に立っている。「立っている」というのは正確ではない。「揺れている」とでもいうべきなのか。しかも、彼は自らの意志によって揺れているのではないのである。

シモムラさんはCP(脳性麻痺)だ。そのせいで、うまく立つことができないし、明確に歩行のリズムを刻むこともできない。だいたい、つい一分ほど前まで、シモムラさんの周りには、彼を支え、助ける役割の人がいて、世話をしていたのである。「態変」の役者には、こういった「黒子」の人が、ついている場合が多い。

さて。

シモムラさんは立っている。立っているけれど、震えている。シモムラさんは、立っていることがすでに「演技」なのかもしれない。そして、シモムラさんは「踊り」始める。正確にいうなら、シモムラさんがやっているのは「踊り」ではないのかもしれない。体が大きく揺れる。真っ直ぐ進めない。

ジャスト・スィ〜ンギン・イン・ザ・レイン♪

ジャスト・スィ〜ンギン・イン・ザ・レイン♪

ジーン・ケリーの歌が聴こえる。ミュージカルの歴史に名を刻む、あの名シーンに流れたあの歌が。シモムラさんは、舞台の右端から左端へ「踊り」ながら進み、なおかつ、Uターンして、また右端へ戻ろうとしている。いや、ただ戻ろうとしているのではない。杖を、傘に見立てて、振りながら、戻ろうとしている。いくらなんでも、それは無茶ではないか。だいたい、杖が回らない。「健常者」であっても、そう簡単ではない。

頑張れ、シモムラさん。いや、そうではない。わたしは、別に「上から目線」で、懸命に「踊り」を敢行しようとしている「障害者」を応援していたのではない。

感動していたのである。面白かったのである。驚愕していたのである。シモムラさんは、懸命に戦っていた。なに、とか。重力とである。もちろん、わたしたち「健常者」もまた、常に重力と戦っている。だが、そのことに気づかない。

赤ん坊を見てご覧なさい。どんなに懸命に寝返りをうとうとしているか。でも、赤ん坊は、寝返りひとつうてない。というか、寝返りをうったとたん、そのまま、うつ伏せになって泣いたりしている。

それは、赤ん坊が、まだ自分の身体をコントロールできないからだ。神経も、筋肉も発達途上だからだ。

けれど、神経が発達し、筋肉が充分についてくると、我々は、重力を忘れる。身体が、どれほどの力で、大地に引っ張られているかを忘れるのである。

シモムラさんの「踊り」はまだ続いている。実は、いちど、シモムラさんは倒れてしまった。「黒子」の人たちに助けられて、再度、チャレンジしていたのである。

気がつくと、また別の、役者が左側から揺らめきながら、登場してくる。コウヅキさんである。コウヅキさんもCPだ。それから、またひとり、交通事故で片方の腕が動かなくなってしまったクスモトさんも。

三つの身体が、揺れながら、ジーン・ケリーの歌に合わせて闊歩する。大丈夫か。ぶつからないか。倒れないか。それから、それから……どうして、こんなに、音楽に合っているような気がするのか。これでは、明日から、「健常者」の踊りなんか見ても、つまらなくなっちゃうじゃないか……。

三

「態変」を主宰する、金満里《キムマンリ》さんは一九五三年、大阪に生まれた在日二世だ。母親は、朝鮮古典芸能の名手といわれた。金満里さんは三歳の時、ポリオにかかった。それから、四年間の入院生活をおくり、退院して僅かの期間、家に戻っただけで、今度は義務教育も行う肢体不自由児の施設に入った。そこで、金さんは十年を過ごしたのである。それが、どんな時間であったかは、金さんの書いた『生きることのはじまり』に詳しい。首から下が全身麻痺の、重度障害者になった金さんは、自力では車椅子に乗ることもできなかった。多感な十代の大半の時間を、金さんは、ベッドの上で過ごした。そして、施設を出る時が近づいた頃、金さんは、一つの大きな事実を認めるしかないことに気づいた。

わたしは以前、富士宮市の重度障害者の施設「でら～と」や「らぽ～と」を訪ねて知ったのだが、この国では、重度の障害者は施設を出た後は、行く場所がないのである。そのまま、家に戻り、ずっと在宅で過ごすか、大人用の終身施設で、死ぬまでを過ごすしかない。彼らは「社会」に出ることはできないのだ。

家に戻り、実家の二階の小さな部屋に住み、金さんは、通信制の高校に通った。だが、そこに、自分の居場所はないように金さんには思えた。

転機がやって来たのは二十歳の頃だった。施設時代の後輩が、金さんに連絡してくる。自分たちのグループに来ないか、という誘いだった。金さんが驚いたのは、親や兄弟に頼まなくても、迎えに来てくれる人たちがいる、ということだった。「ボランティア?」と訊ねる金さんに、後輩は「友人関係」と答える。親でも兄弟でもなく、ボランティアでもない人たちが介在する運動。金さんは、直観的に、そこには自分の必要としている何かがある、と感じた。そして、参加することになったのである。

どういう集まりなのか説明されることもなく、迎えに来た健常者たちが遠巻きにする中、連れてこられた障害者たちだけで会議が始まった。中心で話しているのは、CP(脳性麻痺)の女性だった。きつい言語障害を伴いながら、それでも彼女は、巧みな話術で人びとを魅きつけていた。

それは、「グループ・リボン」といって、後に、日本の障害者運動の先駆けとなる、CP者を中心にした「青い芝の会」の関西での準備組織だった。「グループ・リボン」の合言葉は「そよ風のように街に出よう」。それまで家や施設の中で、いわば「飼い殺し」の目にあっていた障害者たちに、外に出るように促したのだ。

「青い芝の会」は、わたしも知っている。

彼らは、それまで日陰の存在だった障害者たちを、人びとの前に晒した。支援をお願いするのではなく、実際には、障害者たちに冷たい視線を投げかける世界の前に立ち、戦おうとしたのである。

彼らは、カンパを求めて、街頭に繰り出し、時には、障害者を追い詰める施設にバリケードを築き、障害者の乗車を拒否するバスを占拠したりした。彼らが求めたのは、慰謝でも和解でもなかった。自分たちの身体を晒し、誰もが目をそむけていた矛盾を見つめるよう告発したのである。

金さんが、彼らの運動の中へ入っていったのは、当然のことだったのかもしれない。なによりも、彼女もまた生きていたかったのだ。

金さんは、家を出た。家族の手で生かされるのではなく、自分の力で生きるために、である。

四

『虎視眈眈』は、人間の世界に潜りこんできた「虎」の「物語」だ。しかし、多くの場合、「態変」の舞台にことばはない。役者の身体が存在するだけだ。身体を統御できないCPの役者たちが、舞台の上をうろつき、両腕がほとんどない役者と激しく交錯する。あるいは、舞台の上を、転げ回る。お話の断片のようなものが、そこに浮かび上がるけれど、正確に意味を追いかけることは難しい。

観客であるわたしたちの視線は、ひたすら役者たちに注がれる。そして、そこには、いままで一度も見たことがないものがあるような気がする。

では、わたしたちが見ているものは、いったい何なのだろうか。

わたしたちはテレビを見る。そこで、人気のあるタレントたちが出演してドラマをやっている。そこで、彼らは恋愛したり、殺人を犯したりする。けれども、それが「ほんものの」恋愛や、「ほんものの」殺人であるとは思わない。だから、安心して、家族と一緒に、テレビを見ることができる。

それから、わたしたちは、テレビを通じて政治家の話を聞いて怒ったり、つまらないことをしゃべってると文句をいう。あるいは、お笑いタレントの下手くそなギャグを見て、苦笑する。やがて、飽きると、スイッチをオフにする。そして、家族の誰かと、あるいは友人と「民主党もダメだよね」といったり「タモリもそろそろ引退した方がいいんじゃないの」といったりするのである。

だが、ほんとうのところ、わたしたちは、そのタレントがどんな演技をしているのか、その政治家がほんとうはどんな人間なのか、知らないのだ。そんな時間はないのだ。知りたいとも思ってはいないのだ。わたしたちは、ただ「ちらりと見る」だけだ。そんな風にして、わたしたちは時間を過ごす。わたしたちは、ほんとうには、なにも見てはいないのかもしれない。

「その場所」に来る前、わたしは、身体障害者なら見たことがあると思っていた。それから、わたしは、障害者に対する偏見など持ってはいないと思っていた。そんな風に自分に言い聞かせていた。なぜだろうか。準備をしていたかったのだ。いままでも、そうだった。何の準備もなく、ただ「見る」ことをしたことなどなかった。わたしたちは、どんな風に「見る」のかさえ、誰かに(おそらくは社会に)、教わるのである。

だから、最初に、「態変」の役者たちを見て、わたしたち観客が受ける衝撃は、かつて、「青い芝の会」に参加した障害者を見て世間の人たちが感じたものに近いかもしれない。わかっている。その通りだ。わたしは理解している。そう思っていた。だが、目に入って来た「彼ら」の姿は、あまりに暴力的で、思わず、わたしたちは目をそむけた。それでも、なおかつ、彼らは、「わたしを見ろ」と迫ったのである。

「わたしを見ろ」と、その「からだ」は告げている。遠くから、おずおずと、ではなく、すぐ近くで、ありのままを見ろ、と。

だから、わたしたちは、「見る」しかないのである。わたしたちは、生まれて初めて「見る」かのように、目の前の「からだ」を見る。すると、不思議なことに気づく。「からだ」というものは、なんと不思議なものであるのか、と。なんと、弱々しく、重力に打ちのめされるものなのか、と。同時に、なんと精妙なものか、と。そして、これまで、わたしたちは、自分の「からだ」もまたきちんと見たことがなかったのではないか、と思うのである。そして、そう気づいた時には、ほんとうに不思議なことに、彼らの、その「からだ」を美しい、とさえ思うようになっているのだ。

「黒子」が、ひとつの「からだ」を、運んでいった。ノゾミさんだ。ノゾミさんは、先天性四肢全欠損。四肢のすべてがない。舞台の端に、「もの」のように置かれたノゾミさんが、舞台の真ん中に向かって、転がるように、はい出てくるのを、わたしは見た。

確かに、それは、一度も見たことがないものだった。しかし、同時に、わたしは、いつかどこかで、記憶のDNAの奥底で、それを見たことがあるような気がした。それは、眩しく、神々しいものだった。かつて、わたしたち人間が、まだか弱く、自然の威力の前に打ちひしがれるしかなかった頃、まだことばすら持っていなかった頃、わたしたちの内部に芽生えかけていた「精神」のようなものを、わたしは思った。

その頃、なにかが生まれようとしていたのだ。わたしたちの中から、わたしたち自身、その小さな存在を超えるものが。

五

劇団「態変」の事務所と稽古場はJR東淀川駅から徒歩五分。稽古場のメタモルホールは金満里身体芸術研究所も兼ねている。

金さんの苦しい戦いは続いた。それは、二十四時間、介護者がいなければ生きていけないという現実、重度の障害者は、結局のところ健常者に首根っこを摑まれているという現実との戦いでもあった。そして、「私たち」という、運動のことば、「解放されていない障害者総体の代弁者」という位置への疑問との戦いでもあった。それは、金満里が自分を取り戻す戦いであったのかもしれない。親の反対を押し切って自立した金さんは、ついに組織とも離れる。では、何をすればいいのか。何ができるのか。それは、少なくとも、「ことば」ではなかった。

しゃべれる障害、という自分自身の中途半端さ。それを乗り越え、自分をトータルに表現するためには、身体《からだ》全体をのびのび使いたい。そもそも「障害」そのものを認めさせるということが、障害者解放の原点であり、同時に帰結点でもあったはずだ。ところが、それが運動となったときにはどうしても〝論〟という言語に頼ってしまうという自己矛盾。そこから解放されたいという欲求が、私のなかで最大限に高まっていた。

組織運動から抜けて五年。「自分とは何か。自分はいったい何がしたいのか」と思いあぐねて自分の内側に深く静かに潜行していった、その末にやっと、これは自分の今の感覚にぴったり来るものだ、これならやりたい、と思える、内的必然性のようなものとして芝居が浮上してきた。

（『生きることのはじまり』）

一九八三年、金さんは、役者全員が障害者という劇団「態変」を旗揚げする。障害者として、世間から「じろじろ見られる立場」にある存在を逆転し、自らの意志で「見世物」になろうとする者たちの集まりであった。旗揚げ公演『色は臭《にほ》へど』で、レオタードを着て、自分の身体をあからさまに晒しながら、舞台に上がった障害者たちは、その舞台の上から、観客である健常者たちに向かって「おまえらも、なに見てんねん。こんなしょうもないもん、見てる暇があったら帰って働け」と激しく毒づく。事実と虚構の間を彷徨いつつ、しかし、観客は、苦い覚醒を味わったのだ。それは、金さんと「態変」の怒濤の三十年の幕開けだった。

「二月に『一世一代福森慶之介 又、何処かで』というタイトルの作品を上演しました。福森は、『態変』旗揚げ以来の役者でした。でも肺癌の末期になって、彼の最後の舞台になりました。もう、まるごと福森慶之介というのでしょうか、死に際というか、舞台を通じて、死を看取ったようなものでした。結局、舞台が終わって、すぐに、亡くなりました。三月十一日です。ええ、運命みたいなものを感じました。福森は七十四で亡くなったんですが、ここまで生きられると思ってなかった、っていってました。カリエスで早く死ぬと思ってたって。実は、わたしもそう思っていたんです。

そう、ほんとうに、あらゆることがたくさん、同時に起こったような気がします。四月以降、『態変』は、ぎりぎりの状況なんです。橋下市長が、文化にかかるお金のしめつけをやってるでしょう。それとは別に、自立支援法というのができて、お金が出なくなったんです。ウチは、小規模作業所ということで、雑誌を出してました。そのお金が出なくなった。ある意味で保護されていたんですね。でも、それがなくなってしまった。

確かに、経済的に厳しくなりました。けれど、保護には桎梏《しっこく》という側面もあります。なんでも自由にやれるわけじゃなかった。たとえば、助成金が出るとするでしょう、すると、そのために何かしなければならない。ある意味で、お金に振り回される。でも、もういまは、自由にやるしかないわけです。

目指しているものは……ことばで表現するのは難しいですね……あの、美学というも

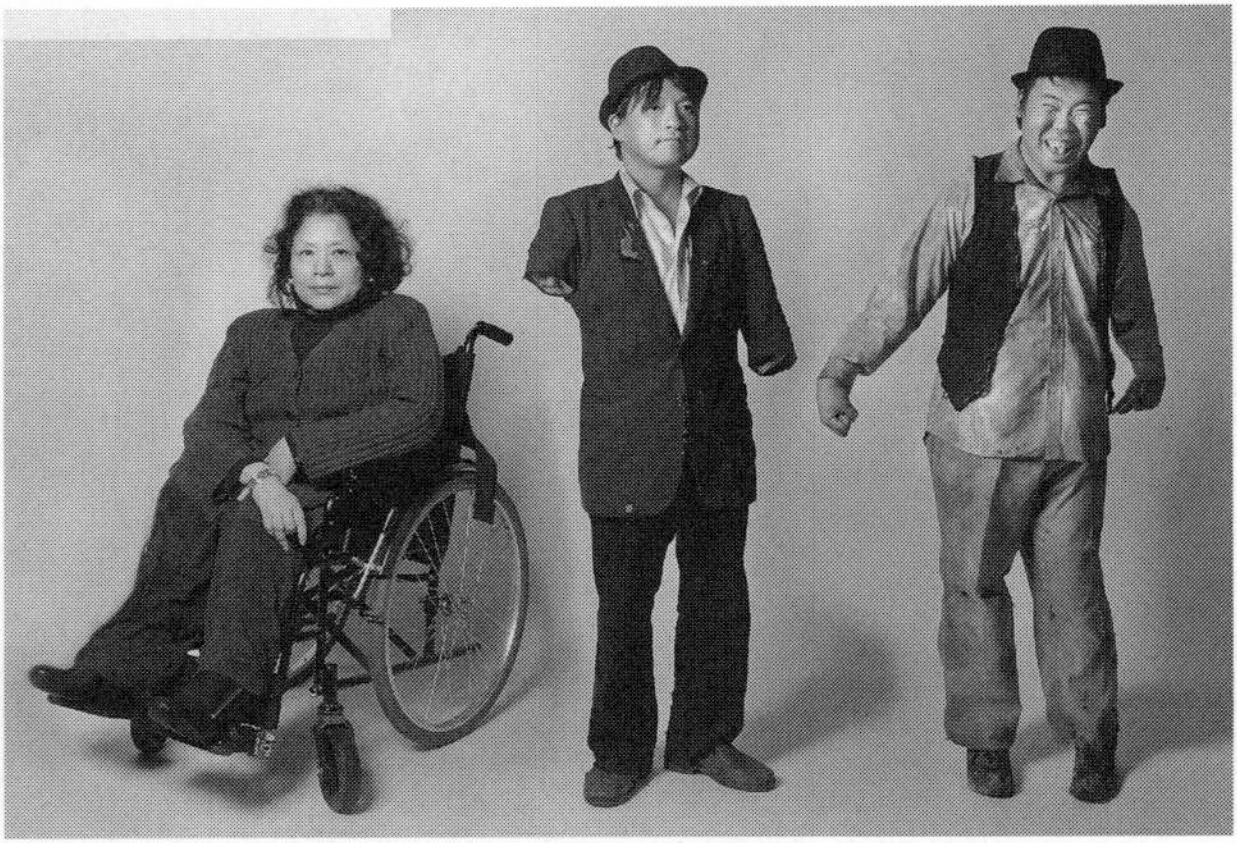

下村雅哉、福森慶之介、菊地理恵、金滿里(作・演出)、
Nast Japan)

のがあって、美を論じる人はたくさんいるけど、醜を論じる人はいないでしょう。でも、これからは、醜が大切なものになっていくと思うんです。でも、醜が一転して美になるとか、そういう言い方じゃない。醜としかいいようのないものの上に足を置いて、しっかり踏ん張っていきたい、と思います。

それから、『からだ』としかいいようのないものですね。というか、皮膚ですね。皮膚って、すごいと思うんです。皮膚の細胞には、ひとつずつ人格があって、ひとりの人間として成り立つぐらいの人格が。その人格が、内部にある内臓の細胞や、骨の髄とも行き来している。そんな感覚があるんです。そうやって、自分をまるごと、全部ひ

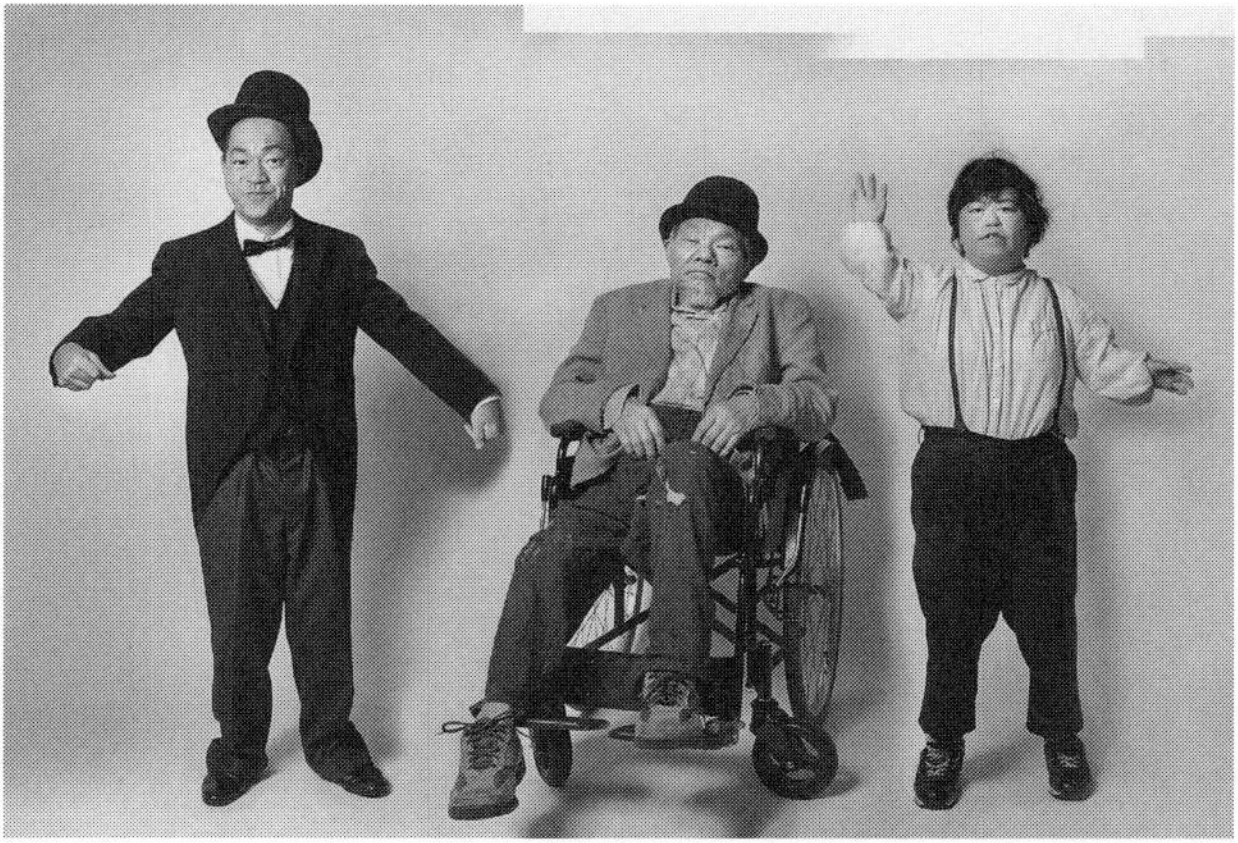

劇団「態変」『一世一代福森慶之介 又、何処かで』 左から小泉ゆうすけ、上月陽平。（撮影：横木安良夫 ©2013 Condé

つくり返す感覚、それを大切にしたいんです。そんな『からだ』で、空間を作りたい。そう、身体空間を演出したいんです。空間は、見えないし、摑まえられない。でも、なんとか、そんな空間を摑む瞬間を作りたい。健常な身体は、訓練されてるでしょう？ つまり、もう手垢がついてるんですよ。

でも、わたしたちの身体は違う。『欠損』が武器になるんです。そこに『いる』だけで、空間が歪んでしまう。ウチの役者で、筋ジストロフィーですぐに死んだ役者がいるんだけど、その役者が最後に、一九八四年に東京の夕イニイアリスという劇場に公演に行く時にいったんだけど、テレビをつけるとコマーシャルに『態変』の役者が出る。そういうふうな世の中にならなあかんし、『態変』はそれを目指すべきやから東京に行くべき、とすっきりいった。ああ、ゆこ、という感じです。それはいまも目指してます」

脳性麻痺でまともに歩けずしゃべれない役者や、手や脚がなく、転がることしかできない役者たちが、テレビに出てきて、コメディをやり、コマーシャルで商品を宣伝する。それは、この資本主義の世界にミサイルを打ちこむようなものだろう。それは、原発がない世界よりも、もっとずっと遥かにすさまじく、新しい世界だろう。

そんな日がいつか来るのだろうか。わたしにはわからない。けれども、その世界に住む人びとは、いまよりもずっと幸せな気がするのである。

六

『虎視眈眈』の舞台稽古の翌日、わたしは、劇団の事務所で、録画された『又、何処かで』を見た。わたしは、この作品が着想を得た、ベケットの『ゴドーを待ちながら』を以前にも二度、舞台で見たことがある。待ちつづけるけれど、ついに「ゴドー」は訪れない。それでも、ウラジミルとエストラゴンは、待つしかない。喜劇のようにも悲劇のようにも見えるそのテーマを演じるのに、「態変」の役者は、どんな健常な役者より、ふさわしいように、わたしには思えた。

『又、何処かで』を見て、しばらくすると、団員のひとりが「準備ができました」とわたしに声をかけた。金滿里のソロ公演『天にもぐり地にのぼる』のゲネプロだった。天はのぼるものではなくもぐるものであり、地はもぐるものではなくのぼるものだった。その舞台でも、すべてはひっくり返されるのである。麻痺した「からだ」を駆使して、金滿里は踊った。その麻痺した「からだ」が美しい、とわたしは思った。いや「美しい」ということばは、おそらく正しくはあるまい。だが「醜い」ということばでも、もちろんない。いまだことばにならないものを表現するために、そこで、「からだ」が使われる。わたしにも「からだ」はある。

人は、みな、「からだ」を持っている。だが、そのことを、ほんとうに確かめたことはないのかもしれない。

わたしには「からだ」がある。たぶん。もし、それが疑わしいなら、あなたたちは「態変」の、あるいは、金滿里の「からだ」を見るべきなのである。

愛のごとく

「人間以上」のものを愛することについて

『愛のごとく』という小説がある。もしかしたら、「ああ、渡辺淳一の不倫小説ね」と思い出される読者もいるかもしれない。確かに、渡辺淳一も『愛のごとく』という小説を書いている。だが、わたしのいう『愛のごとく』は別の小説だ。ほんとに、こんなに素敵なタイトルを盗んではいけない。

『愛のごとく』は、もう半世紀近くも前に亡くなった山川方夫《やまかわまさお》という小説家の書いた作品だ。芥川賞をとったわけでもなく、ベストセラーになった作品があるわけでもないのに、ひっそりと「伝説の作家」として、いまなお、山川方夫のファンはあちこちにいて、そんな彼の小説の中でも、『愛のごとく』はもっとも名高い。

主人公は、他人と関わることを避けて生きてきた放送作家。彼は、こう呟く。

「私は、おれは他人といっしょに一人でいたいだけだ、と思った。一人きりにならなければ、私はくつろぐことができない。しかし、本当に一人きりだと、私はどうしようもなく不安になり、疲れきるのだ。自分が異様な狂気の道を、はてしなくどこかへ逸走してしまう恐怖でたまらなくなるのだ」

そんな主人公の元に、昔付き合っていた、その後、友人の妻になった女が訪ねてくる。そして、いつしか主人公と女は肉体関係に入りこんでゆく。関係の泥沼に陥りながら、主人公は、いやほんとうはおれは一人でいたいんだと自分に言い聞かせる。

ある日、ふたりの関係は、呆気なく終わりを迎える。女が交通事故で死んでしまうのだ。そして、その時、主人公は、実は自分が女を必要としていたことを、愛していたことを、一人でいたいと思いこんでいたに過ぎないことを知るのである。

オリエント工業社長・土屋日出夫

「ダッチワイフ」ということばには怪しい響きがある。女の子がアダルトグッズショップに、平気でヴァイブレーターを買いに来る時代だし、いまでは誰でも見ることができるようになったアダルトヴィデオにも、ヴァイブレーターや電マ(電気マッサージ器です、使用法はご存じの通り)はしょっちゅう出てくるから、意外に抵抗はないかもしれない。けれども、「ダッチワイフ」は別である。たいていの男にとって、それは、「自分には関係のない世界」のものなのだ。あるいは「女のいない場所に出向くことになったり、あるいは、もともと女に無縁のかわいそうな男たちが仕方なく使っている『女の代用品』」だ、と考えられている。

残念ながら、それは間違いだ。そこには、もっと豊かななにかがある。もしかしたら、現実の女性以上の存在が。そして、いまや「彼女」たちは、「ダッチワイフ」ではなく、「リアルラブドール」と呼ばれているのである。

JR御徒町駅の近くに、オリエント工業のショールームがある。わたしは何度かそこを訪れた。その度に、胸騒ぎがするのだ。ショールームを埋め尽くした「彼女」たちが、一斉に、わたしの方に視線を向ける。そんな気がする。そして、なにより困ったことに、「彼女」たちは、ひどく可愛いのである。

たとえば、アンジェ・シリーズの「ともこ」……いかん、わたしは、「ともこ」を自分の小説に登場させたのだが、見れば見るほど、クラクラしてくる……。そういうと、みなさんは、なんだ、タカハシゲンイチロウは「ダッチワイフ」なんかが好きなのかと、生身の人間より人形の方に魅かれるのかと思われるかもしれない。そんなことはありません。声を大にしていいたい。やっぱり、生身の女性がいい！　だが、「ともこ」……口もとにホクロがあって、なんて色っぽいんだ……いや、「沙織」だって、昔この顔とそっくりの女の子と付き合ったことがあるんだ……「こゆき」……なぜ悲しんでいるんだ？　わたしが慰めてあげようか……って、人形だよね、ほんとうに、おまえたち……。

この国でもっとも有名な「ラブドール」メーカー、オリエント工業を一代で立ち上げた社長の土屋日出夫は一九四四年(昭和十九年)生まれの六十九歳。だが、どう見ても五十代前半あたりにしか見えない(下手すれば四十代?)。それだけでも、「ラブドール」には大いなる効き目があるのは確かなようなのだが。

「生まれは横浜です。普通のサラリーマン家庭。七人兄弟の六番目です。商業高校を出て、普通に工場に就職しました。でも、すぐに辞めちゃった。合わなかったんですね。それからは、仕事を転々としましたね。米軍ハウス専門の引っ越し運送屋と、水商売、ボーイとかね。で、その運送屋時代に知り合った人が、『大人のおもちゃ』の仕事をするっていうんで、手伝うことになった。それが始まりですね。

昭和四十年代の初めの頃でしょ、『大人のおもちゃ』っていっても、電動のものなんかないんだから。有名なのは肥後随喜。知ってます? 要するに、芋ガラを乾燥させたものです。それをお湯につけてほぐして使う。ただ痒くなるだけ。あと、なんだっけ、あそこの根元にはめるリングとか。それから、十枚一組でポルノ写真を売ったりとか。からみの部分をマジックで塗りつぶして、売る時に、マジックを消せば見えますよ、とかいうわけ。でも、ベンジンやシンナーで消すと、ネガがもう白く塗りつぶしてある(笑)。

そう、それからね、当時はアンダーヘアが出るとパクられるから、ヨーロッパの子どものヌード雑誌、それを茶色の袋に入れて、モペットって書く。『子ども』って意味です。それから『無修正』って漢字で書く。値段もデカく六千円！って書いて、テープでがんじがらめにして売りましたね。そしたら、お客さんが『子どもじゃないか！』って文句をいいに来ましたよ。いまなら、そっちの方がヤバいよね。

もちろん、ダッチワイフも扱ってました。ただ、空気で膨らませただけのやつ。『南極1号』ですか？ ああ、南極越冬隊が持っていったやつですね。あれはマネキンみたいなもんですよ。実用的じゃない」

一九七七年、歴史的第一号が生まれた

当時の「ダッチワイフ」は、「大人のおもちゃ」というより「子どものおもちゃ」のようなものだった。

独立して「大人のおもちゃ」屋を経営するようになった土屋社長のお得意さんに、障害を持っている人がいた。その人は、「子どものおもちゃ」のような「ダッチワイフ」が破れても破れても買いにきた。その人にとって「ダッチワイフ」は「おもちゃ」ではなかった。どうしても必要なものだったのだ。

なんとかしてあげたい。だが、そんなものを真剣に作ってくれるようなところはどこ

にもなかった。かくして、土屋社長は自ら、誰も作ったことのない「ダッチワイフ」の製作に乗り出すことになるのである。

「ある人、Sさんという方と知り合ったんです。Sさんは、お医者さんだったんですが、そんな枠に収まらない放蕩人生を送った方です。そのSさんは、わたしなんかが、ダッチワイフって、まあ空気の入ったおもちゃだって思ってたのに、そうじゃないんだとおっしゃった。それまでにいろんな障害を持つ患者さんとかそのご家族の声を、ずっと聞いてきたみたいです。土屋さん、あれはただの人形じゃないんです、っておっしゃるわけ。『面影』という商品を出して、ショールームを、というか、その頃は相談所なんですがそれもオープンして、Sさんがずっとお客さんの相談にのってあげたんです。みんな、深刻な問題を抱えててね、それをじっと聞いてあげる。Sさんじゃなきゃできなかったでしょうね」

オリエント工業の歴史的な「ラブドール」第一号、「微笑」が生まれたのは一九七七年、三万八千円で、顔、胸、腰以外はビニール製の空気式だった。一九八二年の第二号「面影」は画期的な製品となった。両手両脚が取り外せ、ラテックス製の表面でボディ内部が発泡ウレタンとなり、空気を一切使わなくなったのである。値段は十五万八千円

「リアルラブドール アンジェ」シリーズ。左から、茜、みずき、空、しずか、沙織、絵梨花、杏奈、りえ。(撮影：山下亮一 ©2013 Condé Nast Japan)

だった。

その後もオリエント工業の「ラブドール」たちは進化を続けた。二〇〇一年の「ジュエル」からシリコン素材が使われるようになった。実際の人間のような肌触りと骨格機構が内蔵された一体成形は、機能も見た目も驚くべきものであった。五十六万円という高額商品だったにもかかわらず、発売前から話題となり、発売後も注文が殺到し、生産が追いつかないほどだった。

「ジュエル」の進化形が、現在の「リアルラブドール」とも称する「アンジェ」である。日本人女性の平均身長百五十七㎝、バスト八十四(小は七十六)・ウエスト五十六・ヒップ八十三㎝を持つ「彼女」は、もはや「人形」ではなく、「人間に似たなにか」なのだ。

「あのね、人間に近すぎてもいけないんです。もういくらでもリアルに作れます。そしたら、気味悪くなっちゃう。死体みたいになっちゃうんです。うちでは、実際の女性から型どりしたものも作りました。でもそんなに人気は出ませんでしたね。その子がちょっと大きかったせいもあって、重かったしね。

実は、顔のオーダーメイドもやったことがあるんです。そんなに難しくない。女優さんの顔を使って、少し直して作ったこともある。それから、亡くなった奥さんの写真を持って来られて、それを作ってくれといわれて、作ったこともあります。普通は、対象になる女性の承諾をとって、ということになるけど、隠し撮りみたいなものを持って来られたこともある。さすがに、それは断りましたけど。

とにかく費用を考えなきゃ、人間そっくりなものは作れます。中にサーモ装置を入れて温かくする？　ああ、トライしてみましたけど、安全性なんかに問題があってやってません。それと費用ですね。温める装置をつけて百五十万じゃ高いでしょう。みんな、電気毛布や布団乾燥機を使って温めてますよ。シリコンだから、冬場は冷たくなっちゃうからね。

声？　これはない方がいいんですよ。おもちゃっぽくなるから。匂いもそう。それは、所有者が決めればいいことです。目もね、閉じたり開いたりすると、やはりおもちゃになっちゃう。すごくビミョーな問題です。たとえば、うちの『アンジェ』は百五十七cmだけど、百六十とか百六十二でも、ふつうの人間の女の子なら、別に大きくは感じないでしょ？　でも、人形だと、デカく感じる。可愛くなくなっちゃうんです」

人形のために部屋まで借りちゃう

「ラブドール」は人形だが、その第一の目的は「セックス」であることに間違いはない。

顔はお見せできるが、「セックス」のために開発された部分は、残念ながら写真に撮ることはできない。どうしても知りたい方は、ショールームに行ってください。たぶん、土屋社長が応対してくれるだろう（冷やかしはいけません）。そして、「特別な部分」にローションを注入した後、指を入れるようにいわれるだろう。あなたは、おそるおそる、「特別な部分」に、あなたの人指し指を突っ込む。百パーセント間違いなく、あなたは「ワッツ！」と叫ぶだろう。それから「なんだ、この感触……」と絶句するだろう。「そっくり、そのままじゃないか……」。

「奥さんがいる人もいますよ。人形のために部屋まで借りちゃう。人間はひとりじゃ寂しいでしょう？　でも、生の人間と付き合うのはきつい、って人も多い。風俗はつまらない。ただやるためのもんじゃないですか。

『彼女』たちは違うんです。家を出るとき、みんな、『行ってくるよ』っていうみたいですよ。だから、最後に、どうしても処分しなきゃいけない時、たとえば、年取って息子たちと住むから、もう置いておけない、自分ではとても切り刻めないから、っていうんで、引き取ります。

みんな、そうです。何年も使ってたら、愛着が湧いてくる。うちでは『里帰り』って呼んでますけど、年に一回、上野の公園で、人形供養をやってるお寺に髪の毛を持っていきます。大切な娘たちですからね」

わたしは、土屋社長のことばの裏側にいるはずの、たくさんの「お客さん」のことを考えた。実際に「彼女」と結婚式をあげた「お客」もいれば、亡くなった妻とそっくりの「彼女」と暮らしている「お客」もいる。彼らの「人形」に対する感情を、「愛」ではないと、わたしにはいえないのである。

造型師Tさんは着ぐるみを作っていた

わたしは、江戸川区にあるオリエント工業の「造型スタジオ」にいた。「ラブドール」を生産する、会社の心臓部である。わたしの前にいるのは、「造型師」のTさんだ。オリエント工業の「人形」たちは、Tさんによってデザインされている。とりわけ、魅力のほとんどが詰まっている「顔」は、すべて、Tさんの頭脳から産みだされている。

「もともとテレビの美術をやっていました。たけしさんとか、ダウンタウンとか、とんねるずとかの着ぐるみ、あと特撮の小道具とかですね。堅いもの、四角いものは好きじゃなかった。だから、柔らかいもの、ぬいぐるみとかもやってました。その後ですね、こちらでお世話になるのは。

ぼくが来てからも、ここはだいぶ変わりました。スタッフも増えたし。あそこにいる彼は芸大大学院出てるし、いま、顔のメイクやってもらってる女の子も芸大出身です。うん、工房ですね、完全に。ほら、ぼくが作った原型の上にホンモノの化粧品で化粧して、その上からシリコンで覆うんです。

顔ですか？　そうですね、いろいろなところからとって来ます。グラビアとか、いいなと思える写真とか、いろんなものをストックしていて、社長からこういうの作ってくれといわれると、バーッと並べて、合成していく。頭の中で、ですけどね。でも、絵は描きません。ほんとに微妙なところで違ってくるから。ぼくは、最初から立体で作ります。

造型って、二通りあるんです。足し算と引き算の彫刻家がいる。ぼくは、削っていくほうです。大理石を含んだ粘土、固まるとけっこう堅いんですが、それをずっと彫刻刀で削っていくんです。意外と時間をかけたやつは売れないですね。いまヒットしてる『沙織』も、インスピレーションでパッと作ったやつです。泣き顔とか、苦労して時間かけて作ったけど、売れませんでした。

理想で作っちゃうと売れないもんだ、って社長はいってますけどね。ぼくが作った顔は『昭和っぽい』っていわれてるんです。現代的じゃないんですね、たぶん。ぼく、いまの若い女の子、たとえばＡＫＢとか見ても、いいとは思えないんです。そりゃ、カワイイとは思いますよ、でも、好みじゃない。まあ、売れるんだったら、作りますけどね。

確かに、顔は変わってきました。ひとつ言えるのは、ギリギリまでリアルになっていってます。以前なら、あんまりリアルにやると、お客さんが引いちゃうんじゃないかと心配したけど、リアルなものでもやり方次第で、受け入れてもらえるってわかったからです。

たとえば、目の下のクマってあるでしょ、そのまま作っちゃうとダメなんですね、現

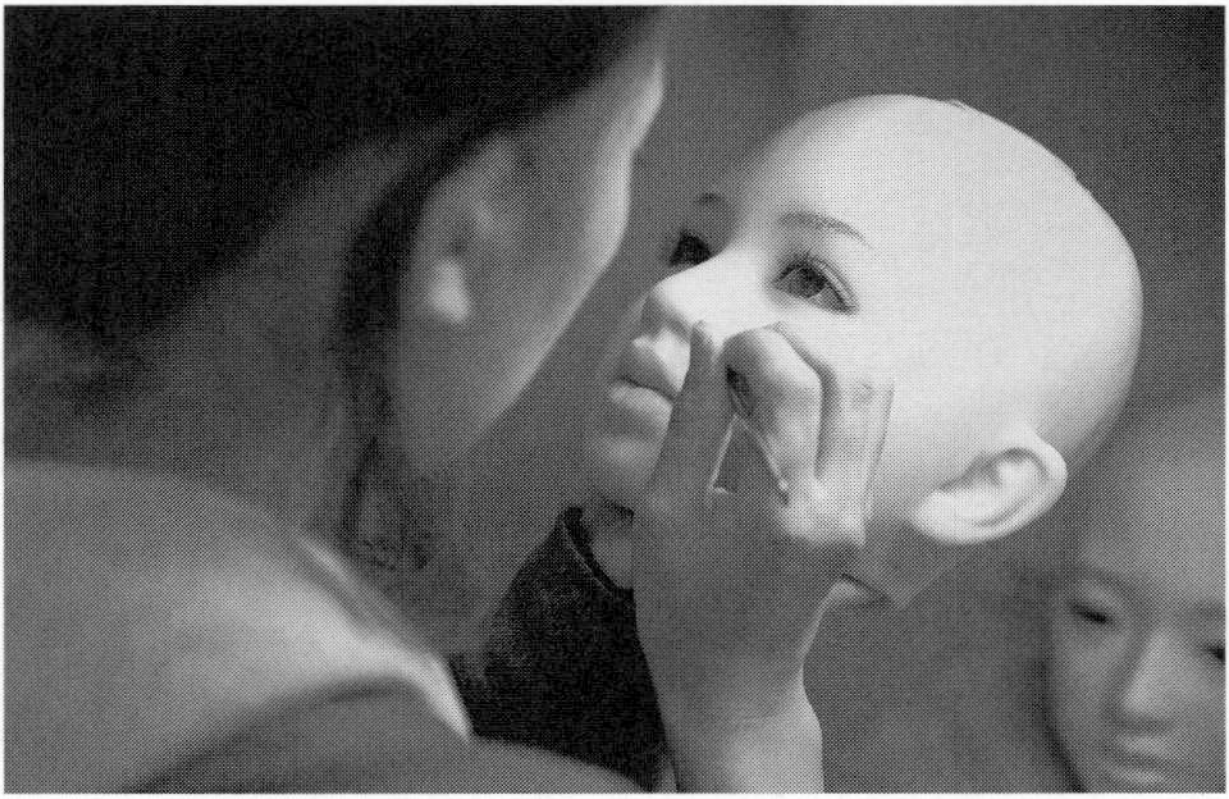

アンジェ専用頭部「こゆき」。工場では、美術専門の女性スタッフが頭部の仕上げを行う。化粧品はホンモノを使い、女性誌を参考にして最新のお化粧を施している。（撮影：山下亮一 ©2013 Condé Nast Japan）

実より少し柔らかくしてあげるんです。ホンモノの顔をパッと見た時の魅力って、『いいところ』の印象が大切なんです。『悪いところ』まで全部写すと、魅力がなくなっちゃいますね。

ええ、結局、『能面』が理想だっていうのは、ほんとうです。こちらのどういう気持ちにも応えてくれる、今日はなんだか寂しいなという時には、心配そうな顔をしてくれる、今日は楽しいという時には、良かったねって微笑みかけてくれる、そういう表情を作れたら、いいと思いますね。

はい、作るのは楽しいです。苦しいと思ったことはありません。作っている時間がずっと続けばいいなと思っちゃいますね。その時、なにをしているのか……妄想のようなものはどこかにあります、それから、こういう子がいたらいいなと思ったり……たとえば、雑誌に出てる女の子の写真で、この表情がいいなって思うでしょ、ふだんはそんなに可愛くないのに、じゃあ、これはどこから来てるのだろう、って思って……そんなパーツを組み合わせていく……プラモデルを作ってるみたいな感じです、でも、それだけでは、合成した時、不自然だから、どんなふうにしたら違和感が出ないか……それをひたすら、ぼくの頭の中で、それから、目の前の粘土だけを見ながらやっているわけです」

あの夥しい、そして個性的な「表情」がすべて、Tさんの頭の奥底からやって来ているのだ。そこには、Tさんが個人的に関わった、特別な「表情」も混じっているはずなのだが、それだけは、教えてもらえなかった。

だから、わたしたちは、想像するしかないのである。この顔、この表情は、きっと、どこかで現実に存在したものなのだ。いや、そんな言い方をすると、どこかにオリジナルがあることになってしまう。だから、わたしたちは、こういうべきなのだ、「ラブドール」たちの表情は、一度産みだされても、やがて老い、衰え、消えてゆく、現実世界の女たちの「表情」が、奇跡的なやり方で蘇ったものなのだと。

ユーザーのHさんの家は「別世界」

産みだされた「人形」たちは、やがて、「お客」の腕の中に送られる。元はひとつの名前で、同じような「身体」の持ち主だが、「お客」の作りだす新しい「物語」の中で、別の生命を持つようになるのである。

わたしは、Hさんという、有名な「ラブドール」ユーザーの家を訪ねた。Hさんは、通常の「ラブドール」ユーザーとは、いろいろな意味で違った異色の存在だ。とは言っても、なにをもって「普通」の「ラブドール」ユーザーと呼ぶべきなのか、わたしにはわからないのだが。

「すごいでしょ、この部屋。いまも進化中ですが、コンセプトは『楽園』、赤ん坊は医療模型です。

ぼく、ですか？　今年、三十八歳です。『写真家・模造人体愛好家』という名刺は十年ぐらい前からですね。カメラは小学校の頃からいじってます、でも、本格的にやりだしたのは高校からかな。大学では映画を撮ってました。

ドールとの出会いは二十六ぐらいです。駅の近く、いまは駐車場になってますけど、不法投棄されたゴミが山みたいになってるところがあって、そこから足がにょきっと出てた。一瞬、青ざめたけど、引っ張りだしてみたら、マネキンで、燃えた跡があるんです。きっと近所のガキが火をつけたんですね。

まあ、その前に、漠然と人形が欲しいなあと思ってたから、『キターッ！』って感じですね。そういうものに魅かれるのは、生まれつきなのかもしれません。子どもの頃に見たアニメの『装甲騎兵ボトムズ』に、女の人工生命体が出てくる、スキンヘッドの真っ裸。それが小学校三、四年。でも、その前から人工生命体とかサイボーグとかが好きだったんです。『メカゴジラの逆襲』で、主役の女の子が死んで、宇宙人に改造される手術シーンとかに興奮してました。

大学では映画を撮ってましたが、特殊撮影技術研究会という名前でね。仮面ライダーの特撮とかアニメとか。まあ、はっきりいってオタクでした。それも、宮崎勤事件のすぐ後だったから『オタク冬の時代』。そんなプロセスを経て、ゴミの山で、マネキンに出会ったわけです。

そして、マネキンを撮影してましたね、服を着せたりして。それから、一、二年後にオリエントさんでドールを買ったわけです。最初が『はるな』です、三十万でした。それから、ずっと『彼女』たちを、車に乗せて、日本中、僻地を廻って、写真を撮ってます。八丈島の廃墟になったホテルとか東北の鉱山跡とか千葉の廃墟病院とか。でも、いわゆる『廃墟マニア』の情報に入ってないと思います。ぼくが、個人的な関係で、教えてもらったものばかりです。

そう、写真の中で『生きている』彼女たちと写真を撮りたいんですよ。その中に、ぼくもいる。確かに、生きた人間は苦手かもしれない。だって、写真に撮ると、生きている人間は死んじゃう感じがする。『彼女』たちとは逆ですね」

Hさんの家は「別世界」だ。いろんな意味で。ガラクタにしか見えないものが、この世界のものとは別の秩序で、整然と並べられている。「ラブドール」たちが、生き生きした表情を持っていること、不思議な生命感を感じさせることは書いた。だが、Hさんの写真の中の「ラブドール」たちは、さらに進んでいる。人間の生命よりもっと「濃い」生命を持っているような錯覚さえ、抱かせるのである。

インタビューを終えて、帰ろうとした頃、Hさんは、一連の奇妙な写真を見せてくれた。それから、その写真にまつわる不思議なお話も。

「すごいでしょ、これ。パンストはいた下半身ばかりの写真。正体は、全部、六十歳過ぎのおじいさんです。ウォルフォードという向こうの有名なメーカーのものですね。下着パンストフェチだったんですよ。死んだぼくの知り合いなんですけど、実は、死ぬまで、こんなことをやってるって知らなかった。一緒に働いてるヤツのオヤジさんです。息子もある程度は知ってたと思いますけど、一割ぐらいは。だから、オヤジと趣味が合うだろうからって、連れていかれたんです。

実は、膨大な雑誌のコラージュがあって、それから、ほんとうに『自分撮り』をするようになったのは、最後の最後ですね。生涯、ほとんど仕事らしい仕事もしなくて、家賃収入で暮らして、ずっと黙って、カラフルなパンストはいてた(笑)。こんな膨大なコレクションがあること、誰も知らなかったんです」

わたしは、アウトサイダー・アートの巨匠、ヘンリー・ダーガーを思い出した。ダーガーもまた、半世紀以上にわたって、病院の掃除夫をしながら、ひとり、誰も訪ねて来たことがない小さな部屋で、世界最長の物語とそれを彩る膨大な挿絵を描いた。彼が描いたことを知っている者は誰もいなかった。その絵と物語の中にだけ存在している、ペニスを持った不可解な少女たちが、唯一、孤独な彼を慰めることができたのだ。

急速に暗闇に包まれる街を歩きながら、わたしは、Hさんのアパートを振り返った。そこから、明かりが漏れていた。その部屋の中にあるものを、そこに流れている感情を、「愛」以外のどんなことばで表せばいいのか、わたしにはわからなかったのである。

電気の哲学者

非電化工房代表の藤村靖之博士

一

栃木県那須町に藤村靖之さんのユートピア「非電化工房」はある。いや、それはまだ「ユートピア」ではなく、いつか実現するかもしれない社会の小さなひな形だ。

わたしが「非電化工房」を訪ねるのは二度目だった。一度目の時も、藤村さんが出迎えてくれた。家を出て、ゆっくり歩いてくる藤村さん。みごとな白髪と白髭、柔らかな微笑み。藤村さんを見ると、わたしには、なんだか、人間ではなく、森の妖精とかエルフみたいに見える。ちがうかな。中国の昔話に出てくる仙人みたいにも見える。いや、人間の藤村さんの中にもうひとり、ちがう存在のなにかがいて、藤村さんを操って、この世界になにかをもたらそうとしているような気もする。だって、藤村さんがしゃべることばは、時々、まったく別の世界から来たような気がするからだ。

「毎年必ず、フィンランドからホンモノのサンタクロースに来てもらうんです。ラップランドから。そうすると、いつも同じことを言われるんですよ。『わざわざフィンランドから呼ばなくても、あなたがやれば』って。でも、それじゃあおもしろくないでしょ」

「ムーミンハウス」の中に座って、わたしたちは話をしている。フィンランドから輸入したホンモノの「ムーミンハウス」だ。

「ぼくは『ムーミン』が大好きなんです。中でもスナフキンが。もともと、ぼくは、『ムーミン』にこめられていたトーベ・ヤンソンの哲学が大好きで、いろいろ考えちゃってたんです。ヤンソンさんは、こう考えたにちがいない。いや、こんな葛藤があったんじゃないかって。そのうち、トーベ・ヤンソンさんにお会いして話を聞かずにはいられない気持ちになって、手紙を書いたんです。そしたら、『残念だけどいま重い病で床に伏せているからお会いできない。でも、病が癒えたら一番にお会いしたいです。ぜひいらしてください』ってお返事をいただいたんです。ほんとに楽しみに待っていたんですけど、二〇〇一年にお亡くなりになった」

そうか。藤村さんはスナフキンだったのかもしれない。だって、自由と孤独と音楽を好み(藤村さんはチェロをお弾きになる)、子どもたちに親切な哲学者ってところがそっくりじゃないか。

「ストローベイルの非電化B&B」。土と藁と木製の断熱ハウス。材料費20万円で、仲間と時間があれば、誰でもつくることができる。(撮影：横木安良夫 ©2013 Condé Nast Japan)

「ほら、ここにバッテリーがあるでしょう。ふつうの人は、こういうバッテリーは、新しいのを買ってきて、二、三年でダメにして捨てちゃうでしょう。でも、ぼくたちは、必ず捨ててあるバッテリーを拾ってきて、ぼくがつくった『バッテリー再生装置』で、もう一回蘇らせて使うんです。これ、アフリカとかモンゴルとか、あちこちで向こうの人たちにビジネスにしてもらってる。ぼくがつくった再生装置で、拾ってきたバッテリーを蘇らせて使う。で、二年ぐらいたって使えなくなると、また再生する」

藤村さんの話を聞いている。それは、ビジネスや発明や科学の話なのに、そんな風に聞こえない。「蘇らせる」「再生する」、どのことばも、生きものとか魔術とか奇跡とかに属しているような、どこか、わたしたちの知らない魔法の国の出来事のような気がしてくるのである。

「そういう機械は昔からあるんです。でも、それって五百万円とか二千万円とかする。でも、そんな高価な機械、日本人だってなかなか買えない。もちろん、アフリカの人たちは絶対買えない。ぼくの唯一の仕事は、その五百万円や二千万円する機械を五万円にすること。難しいと思うでしょう？　ほんとはすごく簡単なんです。だいたい、どうしてそんなに高いかっていうと、まず自動化して、コンピューター使いまくってるから。それから、百パーセント完全に再生しなきゃいけないと思ってるから。でも、失業率が六十何％の国で、自動化なんかしても意味ないでしょう？　いや、自動化が高級だって思想をアフリカに持ちこんでも、結局、先進工業国にすがるだけになっちゃう。だから、自動化なんかしない方がアフリカの人たちのためになるんです。だいたいみんな遊んでるんだから、遊んでるひまにやればいい。それから、ダメになったバッテリーだって、十個拾ったら、全部再生できる必要なんかまるでないんです。そのうち六個再生できれば十分。だから、ぼくの『再生装置』は、不必要なものを全部取っ払いました、というだけ。余計なものを全部取っ払ったら、五百万円から二千万円するものが五万円になりましたっていうだけ。効率なんか低くたっていいじゃない、耐久性なんかなくたっていいじゃない、壊れたら直せばいいんだから(笑)」

藤村さんは「危険思想」の持ち主だ。自動化も、高度化も、要らないというのだから。それでは、高度資本主義は生き延びていけない。でも、それは、「高度資本主義」という、誰も制御することのできない怪物のような存在にとって「危険思想」だ、ということだ。だが、アフリカの人たちにとって、藤村さんの考えと「高度資本主義」の考えとでは、どちらが「危険」だろうか。

藤村さんは、大学の博士課程を修了した後、ある企業に入った。そして夢中になって働いた。藤村さんは、得意になって、さまざまなものを作った。藤村さんが、会社にいた時、取得した特許は七百件ぐらいあって、年収は三十代前半で千数百万円、重役や取締役と同じだった。その時、世の中は「高度成長」の真っ只中で、藤村さんも得意の絶頂にあった。

そんな藤村さんに、転機が訪れた。

二

「きっかけは、息子が軽いぜんそく症状を呈したことです。なかなか子どもができなくて三十六歳の時に初めての子どもが生まれました。だから、少し大事に育てすぎちゃった。たとえば、ベビーフードを与えるとか。でも、ベビーフードって最悪なんですよ。歯がないから噛みやすいものを与えるでしょう？　実は大人と同じものを与えるから子どもに免疫力がついてくる。そういうことにも無知だった。

ぼくは基本的に科学者ですからわからないことがあったら調べます。医者が専門家だと思ったから、医者に訊《き》きに行ったら、誰にもわからない。なんでアレルギーが出るんだっていったら、わからない、って。じゃあ、学者に訊けばいいのかって、行ったら、やっぱりわからない。

この国ではほんとに不思議なことが起こってる。調べれば調べるほどわかってきました。ぜんそくの子どもだけで三％、ぜんそくもアレルギーの一種だけど、もう二十五％、四人にひとりがアレルギー。ぼくたちの子どもの頃なんか、ほとんどいなかったのに」

日本人の医者や科学者に訊いてもわからなかった藤村さんは、ドイツやイギリスの科学者に訊ねた。

「なぜ、二千年も米を食べつづけてきた日本人が米にアレルギーを起こすようになったのか。大豆を食べてアレルギーを起こす子どもが世界で初めて大量に、日本に生まれたのか。すると、彼らは、日本人の食べ物ってほとんど流動食だからではないかとか、日本の食べ物は合成保存料だらけじゃないかと教えてくれました。唾液のみがでんぷんを分解できるのに、いまや穀物をよく嚙まないで腸内に送っているからではないか、腸内の微生物だってみんな死んじゃってるんじゃないか、って。

ぼくは、ものすごくドキッとして、日本に戻ってきて、学者と一緒にアレルギーの子どもたちの腸のなか、つまり大便を調べた。アレルギーの子どもたちとそうじゃない子どもたちを。そしたら、ずいぶん差があったんです。とにかく、そういったことがどんどんわかってきた」

そして、藤村さんは気づいたのである。この世界の秘密の一端に。

「いろんなことが次から次にわかってきたら、ちょっと待てよ、ぼくたちがいままでやってきたハイテク技術って、なんだろう、と思ったんです」

実は、藤村さんは自分の家も設計している。そして藤村さんは、その家に最高の空調設備も取りつけた。けれども、その結果、ダニが発生したのだ。いったいなぜ？　その完璧に調節された空間は、ダニの繁殖に最適だった。つまり、人間の(とりわけ子どもの)健康には、ちっとも良くなかったのだ。

「よし、これでわかった。環境と子どもの安全と、心の豊かさ、この三つを犠牲にして高度成長と物質的な豊かさは成り立ってきたんだ。つまり、こっちを下げて、あっちを上げてきたのか。じゃあ、いままでしてきたことの罪滅ぼしに、こっちを上げることを、環境と子どもの安全と心の豊かさ、それだけをやろうと思った。それで会社に、明日からテーマを変える、と宣言したら、もののみごとに、そんな寝ぼけたことはどうでもいい、いままで通りでいいじゃないか、儲けることをやってくれっていわれたんです。一九八三年のことでした」

藤村さんは少し早かった。いや、ずっと早かった。けれど、会社(社会)が、もし、その時、藤村さんのいうことに耳をかたむけていたら、どうだっただろう、とわたしは思う。「高度成長と物質的な豊かさ」を追い求める心を改めていたら、いまはどんな社会だったろう。もしかしたら、「3・11」だって、だいぶ違ったものになっていたかもしれない。もちろん、歴史に「もし」なんてないのだけれど。

そして、藤村さんは独立することを決断する。会社(社会)が理解しないなら、自分の手で実行するしかなかったのだ。

「最初に作ったのは空気清浄機でした。もともと、子どものぜんそくがすべての始まりだったんですから。実は、当時、空気清浄機って、セメント工場とかパチンコ屋にしかなかったんです。家庭用はなかったんです。その頃の空気清浄機というのは、ファンで空気を引っ張り寄せてフィルターでほこりを取るようなものだった。ところが、子どものぜんそくというのは、真夜中に起こるんですよ。大きな音は絶対ダメです。だいたい、アレルギーのいちばんの原因はストレスだってこともわかってきました。ストレスを高めるようなことはダメなんです。それから、いろいろ調べてわかってきたことの中に、水に酸性とアルカリ性があるように、空気にも酸性とアルカリ性があるってことがありました。水が酸性に偏ると身体のバランスが崩れるように、空気が酸性に偏っても身体のバランスが崩れて免疫力が落ちる。そうか、じゃあ、空気をアルカリ性にしよう、ってことになりました。だから、その時、アルカリイオンという名前にすればよかったんだけど、当時、マイナスイオンという名前をつけちゃったんです。英語のネガティヴイオンというのを基に名づけたんです」

なんと、いま、わたしたちがふつうに使っている「マイナスイオン」ということばの命名者は、藤村さんだったのだ。

「それから、アレルギーのいちばん大きな原因は、カビの胞子とか、ダニの毛とか、生物系の微細な、目にも見えない、空気の一部になっちゃっているようなものでした。これも除去しなきゃならない。そんな微細なほこりはフィルターでだって取れない。つまり、空気をアルカリ性にして、まったく無音で、かつどんな細かいほこりだって確実にキャッチするものを作ればいい」

その三つの特徴を備えた空気清浄機を藤村さんは作った。そして、その空気清浄機は、ぜんそくの子どもたちに劇的に「効いた」のである。

空気清浄機を作る過程で、藤村さんは、片っ端から、様々な場所のイオンを測っていった。そして、驚くべきことに気づく。

「人間にとって昔からいい、いいといわれているところ、滝のそばとか、高原とか、そういうところは例外なく、アルカリ性なんです。逆に、思いっきり人工的な場所、地下鉄とか、ファストフード店の中、車の中、学校の中、病院の中、みんな、酸性。ところがです、昔風の家の中だけはアルカリ性だった。新建材とか壁紙とか電気製品とか、この何十年間に昔のものと入れ替わりに使われるようになったものはみんな酸性だったんです」

藤村さんがたどり着いたのは、この社会で「良い」といわれているものやことがらが、実は「良いものではない」という発見だった。人びとを幸せにするはずの経済や科学の発展が、実は人びとを不幸にしていた。それでも、藤村さんは発明家であることだけはやめなかった。では、どうすればいいのか。人びとの「幸せ」に目を向けた発明をすればいいのだ。そして、それをひとことで示すことばを藤村さんは作り出した。「非電化」だ。それは、二十一世紀の始まりを翌年に控えた二〇〇〇年のことだった。

三

「それまでも、少々なら電気を使ってもいいと思っていました。実は、いまでも、電気を使っちゃいけないなんて、思ってないんですよ。電気を使って人が幸せになるなら、使えばいいんです。でも、その時、はっきりこう思ったんです。自分もそろそろ歳をとってきた。自分の最後の仕事って何になるだろう。やりたいことは山ほどあるんだが。そして、こんなことが頭に浮かびました。実は、その頃、最貧国、特にアフリカばかり歩き回ってました。そしたら、そんな国でも、というかそんな国こそ、お金がなければ幸せになれない、というマインドセット、考え方になっていた。世界中が、そんな考えに染まってる。これじゃあ、世界中が不幸になっちゃう。だから、もうひとつ『別の選択肢』を提供するしかないんじゃないか。収入が増えれば幸せになるというマインドセット、エネルギーとお金を使わなきゃ幸せになれないというマインドセット。そんなものに対する『別の選択肢』と考えた時、その『エネルギーとお金を使わなければ幸せになれない』という考えの象徴的な存在が電気だ、と見えてきたんです。そしたら、『非電化』ということばがポンと出てきた」

わたしたちは支配されている。なにに？　警察や軍隊や権力に？　ちがう。「考え方」にだ。警察や軍隊や権力なら、それは「目に見える力」だし、それらがわたしたちを支配する力は具体的だ。支配されるわたしたちは、それを「痛い」とか「ひどい」と感じることもできる。抵抗することもできるだろう。けれども、わたしたちの頭の中に住み着いた「考え方」に抵抗することはできない。なにしろ、それはわたしたちと一体化しているのだから。それを、藤村さんは「マインドセット」と呼んだのだ。

「アフリカの、ぼくがよく行くジンバブエ、世界でいちばん貧しいといわれている国の地方都市に行ったってそこには中国人がいて、高度経済成長をあおり立ててる。それまで、あんなに日々を楽しむ名人だったのに、すっかり変になっちゃった。彼らは、口を開けば『ぼくたちは不幸だ』っていうようになりました。マインドセットが変わってしまった。先進国のぼくたちのそれと同じになっちゃったんです。ほんとに変化はすさまじかった」

実は、そんな最貧国に、藤村さんはひとつの「発明」をプレゼントしている。

「ジンバブエを歩くと、棺桶屋ばっかり。しかも、ちっちゃい棺桶が目立つんですよ。子どもの死が多い証拠なんだけど、胸が痛くなる光景でしょ。なんでそんなことになるんだって、調べてみると、ひとつは水です。水が不衛生。そうすると、その水をなんとかしてあげればいいんじゃないかって思う。

実は、水に関する発明を、ぼくはたくさんしてるんです。たとえば、南米では水が原因で毎年五十万人の子どもが命を落とすという話を、一九九八年に世界をうろうろしている時にふと聞いちゃった。それはもうほんとにびっくりして、原因はなんだろうって考えた。もちろん、微生物のせいなんです。牛が飲む泥水と同じものを子どもが飲む。炎天下でしょ、もう微生物の天下。

それを聞いた時、インスピレーションが湧いたんです。ペットボトルはその時でも大量に捨てられていたから、二リットルのペットボトルに四百ccだけ水を入れる。あとの千六百ccは空気の状態でしっかり栓を締める。それで、炎天下に放り出してもらえば、あれだけ太陽が強ければ中の温度は六十度以上になる。水が六十度以上になれば、空気も六十度以上になって膨張して圧力が高くなり、微生物は死にやすい。それに、水中の微生物は空気が嫌いだから、空気にあてればいい。だから、最後にこのペットボトルを百五十回シェイクしてもらえば、熱と圧力と空気のトリプルパンチでたぶん百パーセント、微生物は死んでしまうんじゃないかって思った。もう確かめずにはいられなくなって、スケジュールをキャンセルして、すぐに日本に戻り実験してみたら、ものの見事に微生物は死んでしまった。南米に取って返して、この方法を伝えました。だから、いまでは、これは南米でとっても有名な方法なんです。

こういうやり方に対して、ペットボトルの水を飲めばいいじゃないかとか、浄水器をつければいいじゃないかっていうのは、お金がある人の発想です。でも、これなら、捨ててあるペットボトルを拾って使えばいいから、お金なんか一銭もかからない。いま、それがぼくの発明だって誰も知らないですよ。でも、そんなことはどうでもいい。あれから十年以上たってるでしょ、そのことで、失ったかもしれない子どもの命が何十万人か助かったかもしれない。これなら、少しぐらい悪いことをしても、天国に行けるかなあ(笑)」

だから、藤村さんの「発明」は、いわゆる「発明」とは少し、いや、ものすごく違っている。複雑な機械を作って、多額な特許料をもらうようなものではない。誰にでもできて、そこらに転がっているものでできて、そして、ほんの少し、みんなの気持ちを優しくできるものだ。でも、実際は、有名で何千億も儲かったどんな「発明」より、ずっと、人びとの命を助けてきたりもしているのだ。

たった二万円でできる「非電化冷蔵庫」は、羊の肉が三日で腐ってしまうモンゴルの人たちを助けた(モンゴルなら材料費三千五百円)。

二千円ぐらいの竹炭とそこらに落ちている竹で作った「非電化消臭器」は四時間ぐらいで作れて、半永久的に使える。

それから……いや、藤村さんは、たくさんの「非電化製品」を発明している。その中には、「非電化掃除機」もあるのだけれど、藤村さんは、自分が発明した掃除機より、優雅な江戸箒《ほうき》の方がいいなと思ったりもする。「自分の発明」にこだわったりしないのである。というか、「発明」を「発明」しているのじゃないか、ってわたしは思うのだ。

「実は、最近、ぼくの発明のテーマは『ビジネスの発明』なんです。『仕事を作る』ということです。

たとえば『月三万円ビジネス』。リサイクルじゃなくて、アップサイクルというものを考えてみてはどうだろう。アップサイクルというのは、ただの再利用ではなく、デザインを変えることで、その価値を再利用前より高めることです。たとえば、『アップサイクル・ガーデン』ってどんなものかっていうと、ビルの屋上なんかたいていなんの役にも立ってないでしょう。そこに野菜を作る。誰が作るのかっていうと、おじさんじゃなくOLが作る。そして、ランチを屋上で、とれたての有機野菜で作る。オシャレじゃないですか。都会の人は、このごろ農業に憧れてる。アートが好きで、野菜不足と農薬過剰を恐れている。なによりもぬくもりのある人間関係を望んでいる。じゃあ、農業を自分でやればいいじゃないかっていうけど、でも、やろうとするとたいへんだ。田舎に行かなきゃならない、ダサいし、田舎に行ったら収入もなくなる、映画も見られなくなる。ああだこうだと問題が出てくるでしょ。だったらこんな風にアップサイクルして、価値を創造してあげればいいんです。野菜づくりをアートにするんです。

こういうことって、実はビジネスになる。でも、ひと月に二日以内でできて、三万稼げればいい。たくさん稼ごうと思っては、そういうマインドセットの虜になってしまうでしょ。

韓国に講演に行った時に、こうしゃべったんです。たとえば、月三万円ビジネスを三つやれば月九万円稼げる。ひとつで月に二日しか使わないから、残りの二十四日は自由時間になる。つまり週休六日です。週に六日も自由時間があれば、食料や住む家や使うエネルギーをみんなで楽しく作るのは難しくない。支出が少なくなるから、貯金だってできる。ストレスはたまらない。身体は健康で、仲間は増える一方。こういうのを幸せというのだと思うんだけどね、ってぼそぼそと。

涙ぐんだ青年もいました。収入が多ければ幸せで、収入が少なければ幸せになれないというマインドセットを解き放つという点で、非電化と月三万円ビジネスは同じ根っこを持っているんですよ」

わたしは、そうやって、いつまでも、仙人みたいな、妖精さんみたいな藤村さんがぼそぼそと語るのを、その横で静かに聞いていたのだった。

いま、わたしたちは、この社会がなんかおかしいと感じている。なんかウソをつかれていると感じている。あの大きな震災の時に、そのことをすごく感じた。それからしばらくたって、いま、ものすごく大きな声で経済のことがいわれている。なんだか、それもおかしいと感じる。けれど、それがどんな風におかしくて、それに対してどうすればいいのか、よくわからないと感じる。たくさんの人たちが、そんな風に感じている。

そういう人たちは、一度、藤村さんのことばに耳をかたむけてみたらどうだろう。そうじゃない人も、一度、藤村さんのことばに耳をかたむけた方がいいんじゃないだろうか。そしたら、たいへんなことが起こるような気がする。そんな気がして仕方ないのは、わたしも、藤村さんの魔法にかかってしまったからなのかもしれませんね。

山の中に子どもたちのための学校があった

南アルプス子どもの村小学校

一

その学校は、山の中にあった。晴れた日には富士山が見える。わたしが行った日には、見えなかったけれど。周りをぐるっと、山々に囲まれている。

それはとても不思議な学校だ。だって、校庭の中に、へんてこな建物があって、「あれはなんですか？」と訊ねたら「子どもたちの隠れ家だよ」っていわれたんだ。

この学校の子どもたちは、自分でおもちゃを作る(この話はまた後でしよう)。そして、そのおもちゃを作っていた子どものひとりが、校庭に、勝手に、小さな隠れ家を作っちゃったんだ。

「朝、学校に来たら、もうできてたんですよ」

そういう時、わたしたちが通う「ふつう」の学校では、先生に怒られる。

「なんで、校庭に、へんなものを作るんだ！」とか「夜中に学校に入っちゃいかん！」とか、いわれる。

でも、この学校では、そうじゃない。子どもたちは、自由に、なんでも作れる。もちろん、学校で、だ。

だから、わたしは、その学校に着いた時、なにより先に、その「隠れ家」に行ってみた。板が打ちつけられただけの、大きな四角い「建物」。どういうわけか、屋根には、ちゃぶ台が載っかってる。それから、中には、布団みたいなものもある。

「時々、そこに泊まってるみたいですよ」と「先生」が楽しそうにおっしゃる(なぜ、「先生」とカッコをつけておくのかも、後で書くことにするから、ちょっと待って)。

ここは、なんだか、学校じゃないみたいだ。でも、もし、ここが学校だとするなら、よそにある学校というのはなんなのだろうか。

わたしは、「隠れ家」の後に、校長室に行った。校長「先生」のホリさんを待つためだ(ホリさんの話をすると長くなるから、これも後。後の話ばかりで、ごめんね)。

すると、壁にものすごく可愛くて素敵な、そして、ものすごく上手な絵がかかっていた。これもまた、ふつうの学校じゃ、なかなかお目にかからない。そして、わたしは、この絵に関する「物語」を聞いたのだ。

ある時、ひとりの女の子を連れて両親がやってきた。

その女の子はとても内気で、自分の世界に閉じこもっていた。他の人と話をするのがほんとうに苦手だった。親たちはその子にふさわしい学校を求めて、ここに来たのだ。なにもしゃべらないのでは、他の子どもたちと遊ぶこともできない。少し(だいぶ?)変わっているといっても、ここは、文科省も認可している「ふつうの学校」なのだ。校長のホリさんは入学はむずかしいと思った。

それからしばらくたって、また親たちが、その女の子を連れてやってきた。ホリさんはやはり断ろうと思った。そんな話をしていると、他人を怖がるはずのその女の子が、いきなりホリさんの膝の上に座ったのだ。

「さて」とホリさんは思った。「自分の膝の上に乗っかってきた女の子を断ることができるだろうか？」と。

そういうわけで、その女の子は、この学校に通うことになった。ホリさんが最初に考えたのは、彼女の居場所を作ることだった。彼女はひとりで絵を描くのが大好きだった。だから、ホリさんは、校長室の一角に、彼女のアトリエを作ることにした。全国を飛び回っているので、ホリさんは週に一日しか、学校に来ない。だから、校長室は、彼女のための部屋になった。その女の子は、「安住の地」にたどり着くことができたのだ。

そこで彼女は描いた、描いた。たくさんの、一度見たら、目に焼きついて忘れることのできない絵を。そして、わたしたちは、その絵を見ることができるのである。

二

ところで。

この学校には、たくさんのものが「ない」のである。

なにがないかっていうと、わたしたちが、「学校」ということばから思いつくことのできるものがほとんどない、っていうことだ。

いいだろうか。

まず、「学年」がない。それから、算数とか国語とか理科とか社会という「教科」の名前がない。

驚きましたか？　でも、驚くのはぜんぜん早い。

さらに、この学校では、

「宿題」がない、

「チャイム」がない、

「試験」がない、

「通信簿」がない。

ふう。目が回ってしまいそうだ。でも、もっともっと「ない」ものがあるのだ。

さらに、

「先生」が(い)ない、

「廊下」がない、

「入学式」も「卒業式」もない、
でもって、「お金」もない(これは、半分冗談、でも半分ほんとう)。

まことにもって、なにもない。けれども、あるものがある(おかしな言い方だ)。校長のホリさんは胸をはっていうのである。

「楽しいことがいっぱいあります」と。

さあ、それでは、この「なにもない」不思議な学校の秘密を探ってみることにしよう。

三

朝。

子どもたちが三々五々、この学校にやって来る。いちばん近い駅は山梨県の竜王だ。甲府駅からでも、タクシーで二十五分程度。だから、この学校に家から通学している子どものたちは半分ぐらい。残りの半分は、みんな、すぐ近くの寮で暮らしている。どのくらい近いかっていうと、ホップ・ステップ・ジャンプで、学校にたどり着けるぐらい近い。

一年の定員が二十人。中学校もあるけど、まだ一年生しかいない。あっ、忘れていたけど、こっちも学年はないのだった。

週の初めの月曜は、「授業」が始まるのが午前十一時から。週末に家に帰った子どもたちが、学校に戻って来る日だからだ。

さて、この学校らしくない学校には、「学年」がない、という話はしたね。じゃあ、どうやって、なにが、どこで始まるんだろうか。

この学校には、四つの「プロジェクト」という名前のクラスがある。それが、すべての中心だ。時間割を見ると、半分が「プロジェクト」の時間だ。子どもたちは、その間、自分が選んだ「プロジェクト」の「仕事」(「勉強」と呼んでもいいし、「学び」と呼んでもいいし、「活動」と呼んでもいい。つまり、好きに呼んでもらってかまわない、ってことだ)をする。

「クラフトセンター」は、建物を建てたり、木工をやったりして「身のまわりを楽しく快適にする」プロジェクト。

「むかしたんけんくらぶ」は、「昔のくらしを探求し、今のくらしをさらに楽しく、豊かに快適にする」プロジェクト。

「おいしいものをつくる会」は、文字通り、毎日毎日、いろんなおいしいものを作る。「料理を思う存分に楽しみ、人のくらしを考える」プロジェクト。

「劇団みなみ座」は、その名の通り劇を作ったりしながら「自分を表現することを通して、自分たちのくらしを楽しく豊かにする」プロジェクト。

どれもこれも、学校っぽくない。夏休みの宿題をやってるみたいだ。いや、わたしだって、こんなに楽しそうな宿題はやったことはないけど。

ほら、もう、あちこちで一斉に「プロジェクト」が始まっている。どこから見ようか。わたしは、校庭に飛び出した。「隠れ家」の話は、もうしたよね。

いままさに、校庭の端っこに、子どもたちが集まって、穴を掘ったり、コンクリートをねったり、材木を運んだりしている。ははあ、これは「クラフトセンター」の子どもたちだな。冷たい風が吹いているけど、みんなへいちゃらだ。中には、すごくちっちゃい子もいる。一年生か二年生だ(でも、この学校には、学年はないのだけれど)。水準器で水平を測っている子もいるし、コンクリートを穴に入れて、ヘラみたいなものでならしている子もいる。見かけよりずっとたいへんな作業なんだ。わたしは、二十代の頃、ずっと土方をやっていたからよくわかる。

校庭の別のところでは、かまど(!)で火を燃やし、その上に小さな釜を載っけて、それを見守ってる。「なにをしているの?」と訊ねたら、「もち米をふかしてるんだよ」と女の子がいった。今日は、それでお餅を作るんだそうだ。そういえば、臼が置いてあるぞ。ということは、「おいしいものをつくる会」の子どもたちなんだろうか。「違うよ」っていわれた。ここにいるのは「むかしたんけんくらぶ」の子どもたちだ。そうか。だから、「かまど」があるのか。もちろん、そのレンガづくりの「かまど」は子どもたちが作ったんだ。

わたしは、いったん、校舎の中に入ることにした。「おいしいものをつくる会」の教室だ。子どもたちが、まな板の上で色とりどりの野菜やらなにやらを、包丁でとんとん刻んでいる。机の上には大きな鍋がいくつもあって、美味しそうな匂いをたてて、ぐつぐつ煮え立っている。山梨名物の「ほうとう」を作っているのだ。小麦粉をねって作った、あの太いうどんのようなもの。でも、ここで子どもたちが作っているのは、彼らの考えたオリジナルな「ほうとう」だ。どんなものができるのだろう。出来上がりを待つ間、また少し、校舎の中を探検することにしよう。

広いホールでは、やはり、別の子どもたちが、また美味しそうなものを作っている。こっちはなんだい?

もち米をふかし中の「むかしたんけんくらぶ」の子どもたち。なかなか火がおきない。このあと、臼と杵で餅をついて食べる。昔の地元の生活を再現する。(撮影：柏田芳敬 ©2013 Condé Nast Japan)

「クッキーだよ」とわたしに教えてくれたのは、「劇団みなみ座」の子どもたちだ。へえ、劇団なのに料理も作るのかい？

「うん。だって、いま、作っているのは『くるみ割り人形』だから」

そうか。子どもたちは、ずっと、劇の『くるみ割り人形』を制作中だ。セリフや音楽から大道具や小道具まで、すべてを自分で作らなきゃならない。ほんとうの劇団そのもの。というか、劇をリアルに演出するために、「くるみ」を使ったお菓子まで作っちゃう。それが、今日のテーマなんだって。

(人数のわりには)広い校舎のあちこちで、子どもたちが、料理を作っている。中には、ずっと本を読んでいる子もいる。それから、料理を作っている子どもたちの横で、別のグループの子が、器用に（いや、ちょっと危なっかしいけど）、ノミで木を削っている。「何歳？」と訊ねると、その子は、

「六歳」と答えた。

なんてことだ。小学校一年生が、大きなトンカチでノミの柄尻を叩いている。危なくないのかな。わたしは、ついそう呟いた。でも、以前、ホリさんがわたしにこういっていたことを思い出したんだ。

「危なくないですか、と訊ねる親は必ずいます。その度に、わたしはこう答えるんです。『はい、危険は必ずあります』。いくつになっても危険であることに変わりはありません。そう考えると、なにもできない。だから、わたしたちは、一年生の頃から、トンカチもノミもノコギリも使わせています。もちろん、ちゃんと見守っていますけれど。でもね、そうやって、自分でやらせてみると、みんな、どの子も例外なく、きちんとできるようになるんです。そして不思議に大きなケガはしないんですよね」

そうやって、子どもたちは、一日、校舎で、あるいは、校庭のどこかで、遊び道具や小屋を作り、かまどを作り、蚕を飼って絹を作り（これが、「むかしたんけんくらぶ」の

プロジェクトのテーマだ)、何種類もの料理を考案し、ひとつの劇の上演に向かってあれこれ考える。いや、手や体を動かす。

もちろん、その他にも、いわゆる「授業」らしい時間もある(ふつうの学校よりずっと時間は少ないけれど)。それは「基礎学習」という時間で、そこでは、「かず」や「ことば」という名前の下に、「算数」や「国語」の授業に似たことが行われている。でも、それは、なにより、料理を作ったり、おもちゃや小屋を作ったり、劇を作るのに、計算ができたりことばを知る必要があるからだ。プロジェクトのためのレッスンなのである。

ちょっと待って、といいたい読者もいるかもしれない。

それじゃあ、一年中遊んでるようなものじゃないのか。「学力」はどうなるんだ？「この国」では、そんな「楽」ばかりしてる人間は通用しない、って。

ホリさんが、こういう学校を始めてから二十年以上が過ぎた。最初に作ったのが、和歌山県の「きのくに子どもの村学園」(実は、ここには行ったことがある)。そして、その後、福井県に「かつやま子どもの村」、福岡県に「北九州子どもの村」を作った。四つ目が、今回わたしの訪れた、ここ「南アルプス子どもの村」だ。

これらの学校を始めたホリさんが、いちばんたくさん受ける質問は、こうだ。

確かに、あなたの学校は自由だ。素晴らしい。子どもたちは、とてもとても楽しいだろう。でも、それでは、大きくなって辛い目にあうんじゃないか、って。

ホリさんは、そういう質問を受けると、いつも、ちょっと悲しそうな、でもちょっと可笑しそうな、いや、でもよく見るとほんのちょっと怒っているような表情になって、こういうのである。

「ご心配は当然ですね。だって、うちでは、いわゆる『授業』らしい時間は少ないし、試験も、宿題もないんですから。いわゆる『学力』がつかなくて困らないか、って思われるかもしれない。こういう言い方はおかしいですが、なにしろ、わたしたちは『学力』というものをまったく重視していないのですが、でも、うちのやり方でも、いわゆる『学力』には困りません。うちの中学を卒業して、成績表のある公立高校に進んだ子どもたちの成績は、おおまかにいうと平均して、二百人中で二十数番目ぐらいです」

いや、それどころか、ホリさんの学校を卒業した生徒たちは、「ふつう」の学校に入ってびっくりするのである。「えっ、ぼくって、こんなに勉強ができたの！」とか「学校の勉強って、簡単だったんだ。だって、なんでもただ覚えればいいだけなんだから」

とか。

いったい、どうして、そんなことがあり得るんだろう。こんなに自由で、こんなにものびのびと育って、しかも(どうでもいいことなのかもしれないけれど)「学力」までついてしまうなんて。じゃあ、「ふつう」の学校でやっていることはなんなのだろう。この学校ではできて、「ふつう」の学校ではできないことってなんなのだろう。

この、山の中の、不思議な学校には、とても大切な秘密があるように、わたしには思えたのだ。

四

ホリさんは本名は、堀真一郎。でも、わたしはホリさんと呼ぶことにしている。だって、ここでは、ちっちゃい子でもみんな、そう呼んでいるのだ。

ホリさんは一九四三年、福井県に生まれた。ホリさんは、いま「きのくに子どもの村学園」の園長さんだ。さっき紹介した四つの学校を作った。それもすごいけれど、もっとすごいのは、その、九州から南アルプスまで、遠く離れた四つの学校をいまでも毎週、渡り歩いて、教えていることだ。そんな「先生」に「教わる」(ホリさんは「教えて」なんかいないとおっしゃるけれど）子どもたちは幸せだ。

ホリさんは、学校から学校へとパジェロを走らせる。ホリさんのスケジュールを見ると、誰でもびっくりする。いつ、どこで寝ているのかわからない。実は、ホリさんはパジェロの中で寝ているのだ。だから、ホリさんの現住所は、愛車のパジェロだ。先代のパジェロは百万キロ近く走って、引退した。きっと、二台目のパジェロも同じ運命をたどるだろう。そんな気がする。

ある時、ホリさんは「世界でもっとも自由な学校」といわれるサマーヒル・スクールを始めたアレクサンダー・サザーランド・ニイルという人に出会った。ニイルは、こういっているそうだ。

まず子どもを幸福にしよう。
すべてはそのあとにつづく。

ホリさんは、そのことばを受け止めて、ニイルの始めたサマーヒル・スクールのような学校を作ろうとした。ホリさんの始めた「きのくに子どもの村学園」と、ニイルのサマーヒル・スクールでは、違うところもある。けれども、深いところでは、共通した思いや考え方がある、とわたしは思った。

ホリさんやニイルは、子どもたちの自己決定権をなにより重んじることにした。子どもたちは、「教師」によって「教えられる」存在ではない。自分の力で、自ら「知る」ことのできる存在だ。そして、そのような存在として、尊重されなければならない。

ホリさんの学校に「先生」がいないことは書いた。もちろん、ホリさんを筆頭に、いわゆる「先生」の役割をする人はいる。でも、彼らは全員、「さん付け」で呼ばれている。ホリさんも「ホリさん」とか「ホリ爺」と呼ばれる。他の「先生」だって、「おのっち」とか「あべちゃん」だ。ここでは、おとなも子どもも対等の関係だ。当然のことだけれど、体罰も暴力もない。そうか。「体罰」の根っこには、「教える」ことと「教えられる」ことという非対称の関係があったんだ。

どうして、「先生」ではなく「ホリさん」なのか。「先生」は、なにかを「教える」人だけれど、「ホリさん」は教える人ではない。子どもたちが、「気づく」のを、気長に待って、アドヴァイスを与える人だからだ。でも、それがいちばん難しいんだって。長く教師をやっていた人が、この学校に来ると、困るのが、教えたくなることだ。子どもたちが、なにかをする。なんでもいい。なにかを組み立てる。でも下手くそだ。なにかを作る。なっちゃいない。そういう時、手を出したくなる。ことばをかけたくなる。でも、ここでは、そういうことをしてはいけない。「教え」てはいけない。子どもたちに自分で気づかせなくてはならない。

わたしは、さっき、校庭でもち米をふかしている女の子たちのことを書いた。「先生」は、「まだ一回もうまくいってないんですよねえ」とあっさりいった。女の子たちは一生懸命、火をつけるのに、すぐに消えてしまう。どうすればいいのか、「先生」は知ってるけれど、彼女たちが気がつくまで気長に待つのである。

「先生」たちは、いつも子どもたちの方を向いている。なぜって、そうしなければ、子どもたちがなにに気づこうとしているのか、わからないからだ。だから、この学校の「先生」であることは、実は、とてもたいへんなのである。

でも、わたしと話をしてくれた「先生」たちは、みんな、異口同音にこういうのだ。

「ほんとに楽しいです！　すごく」って。


ある地方(じゃなくて、さる大都会)の公立学校では、先生全員にパソコンが配られるそうだ。でもって、学校が終わると、先生たちは、そのパソコンを置き場にしまい鍵をかける。それ以上なにもしないように(できないように)。ちなみに、そのパソコンにはメモリーを差す穴がなくて、中身を持って家に帰ることもできないのである。

いま先生たちはたいへんだ(とよく耳にする)。文科省が決めたカリキュラムをきちんと守らなきゃならないし、なにか事件が起こると、親たちも騒ぎだす。子どもたちを教

開校は2009年。107人が学び、おとな(事務を含めた「先生」)は17人。ホリさん(最前列左端)の訪問に合わせた週1回の全校ミーティング後、みんなでパチリ。(撮影:柏田芳敬 ©2013 Condé Nast Japan)

えるのもたいへんだし、もっとたいへんなのが役所に出す書類が膨大で、忙しいことだ。だから、子どもたちに向き合う時間がなくなってしまう。なんだか、おかしい。そして、気がつくと、学校で教えることに、なんの楽しさも感じなくなっているのである。

先生が楽しくなくて、教わる生徒たちが楽しいわけはないよね。

だから、ホリさんは、「学校」を作った。子どももおとなも、楽しく生きていける場所、子どももおとなも自分の進路を自分の責任で選択できる場所を。

この学校ができるまで、それから、できてからも、たくさんの物語がある。それは多すぎて、ここに書くことはできない。最後に一つだけ、この学校でもっとも印象的な場所について書いておくことにしよう。

それは週一回開かれる全校ミーティングだ。この「学校」に所属している人間はみんな、おとなも子どもも集まって、大切なことは、みんなここで決める。そして、ここでは、六歳の子も、おとなも同じ一票の権利を持つ。

えっ、そんな小さい子に、なにがわかるのか？　みなさんは、そう思うだろうか？

そんな危惧を感じる人たちに、わたしは、ぜひ、この集会を見てもらいたいと思った。全員が集まるこの場所で、いちばん重んじられるのは、話し合うこと、対話すること、相手の話を聞くことだ。そして、その結果、決まったことにはみんなが従う。この小さな、小さな、山の中の、子どもたちの「学校」で、毎週一回(実は、それ以外の時、ここ以外の場所でも)民主主義のもっとも深い原理が、現実の形となって出現する。そして、子どもたちはもちろん、それを自分の関わるものとして「経験」するのである。

「学校」は、本に書いてある文字や数字を頭脳の中に流しこむ場所ではない。生きてゆく力を、知らず知らずのうちに、子どもたちに(おとなにもまた)授ける場所ではないだろうか。

そして、そういう場所は存在していて、あなたたちは見ることも、訪ねることもできるのだ。山の中、ひんやりした冷たい、清々しい風の吹く場所にひっそりと佇む、小さな、子どもたちのための学校を。

尾道

「東京物語」二〇一三

一九五三年に戻る

小津安二郎監督の名作『東京物語』の公開は一九五三年。わたしが生まれたのは一九五一年なので、二歳の時になる。「昭和」でいうなら、昭和二十八年。「戦争」の跡が少しずつ消えていった頃、でも、遥かに遠い。六十年も前のことだ。

一九五三年をウィキペディアで調べると、「NHKが日本で初のテレビジョン本放送を東京で開始」「イギリス女王エリザベス二世戴冠」「カストロ率いる小隊がモンカダ兵営を襲撃、キューバ革命の記念日」「朝鮮戦争の休戦成立」「ソビエト連邦が水爆保有を発表」「日本テレビ放送網(日本初の民間放送によるテレビ局)がテレビジョン本放送を開始」「奄美群島が日本に返還」「DNAの二重らせん構造が決定される」「水俣湾周辺の漁村地区などで猫などの不審死が多数発生」といった記述が並んでいる。

テレビの時代に突入し、東西冷戦が激化し、公害が人びとの視界に入りはじめた時代だった。いや「日本に返還」のことばが示すように、「戦争」はまだ生々しいものとして感じられていた時代だった。

一九五三年の、日本の総人口はおよそ八千万人。そのうち「老年人口」と呼ばれる六十五歳以上の人口はざっと三百八十万、ざっと四・七五％。それが一九七〇年には総人口一億三百七十万に対して七百三十一万、約七％となった。さらにとんで、二〇〇四年は一億二千七百万に対して二千四百八十七万、約十九％。二〇六〇年にはおよそ四十％と予想されている。遠くない未来に、日本は老人だらけの国になるのである。

今年、『風立ちぬ』の公開直後、宮崎駿監督が引退を発表した。ああ、もう、彼の長編アニメは見られないんだな、とわたしは思った。それから、長い間、謎であったことについて考えた。『となりのトトロ』のことだ。

『風立ちぬ』の主人公、眼鏡をかけた堀越二郎を見ていると、『となりのトトロ』の主人公、サツキとメイの父親、草壁タツオを思い出してしまう。そして、この「タツオ」はどんな人物だったのだろう、と。

『となりのトトロ』は、いつ頃の物語なのだろうか。途中で、古いダイヤル式の電話が出てくるし、どうやらテレビもないようなので、昭和二十年代であることは確からしかった。けれど、宮崎監督自身の発言で、この『となりのトトロ』は一九五三年に設定されていることがわかった。一九五三年に「タツオ」は三十二歳。となると、「タツオ」は、昭和二十年(一九四五年)には、二十四歳。戦時中に大学生であったことがわかる。文科系(考古学)の学生であった「タツオ」は、学徒兵として「学徒出陣」したのではないか、とわたしは考えた。それは、わたしの妄想ではないような気がする。どこにでもあるふつうの話だったのだ。だいたい、長期療養中の妻を抱えながら、なぜ「タツオ」は、サツキとメイを実家に預けなかったのだろう。もしかしたら、「タツオ」も妻の「靖子」も、戦争(東京大空襲や広島や長崎への原爆投下)で実家をなくしてしまったのかもしれない。いや、一九五三年に三十二歳ということは、一九五一年に三十歳。わたしの父親と同い年だ。あの「メイ」ちゃんは、もうひとりのわたしのように(女の子だけれど)、見えるのである。

『東京物語』の主人公、周吉は七十歳、妻のとみは六十八歳。長男の幸一には中学生と小学生の子どもがいる。だとするなら、幸一の年齢は四十歳、もしくは三十代後半だろうか。そして、間に次男と長女をはさんだ、三男の敬三の年齢は三十前。戦死した次男(原節子演じる紀子の夫)は三十代半ばか前半あたりで、『トトロ』の「タツオ」とほぼ同じだろう。そう、わたしにとって、笠智衆演じる「周吉」と、東山千栄子演じる「とみ」は、わたしの祖父母の世代にあたり、彼らの子どもたちは、わたしの父母の世代にあたるのである。

ふたつの「尾道」

深夜、テレビの画面に、モノクロの映像が浮かび上がる。部屋に照明はつけない。子どもたちには、「目に悪いから」といって、照明をつけさせるけれど、わたしひとりで映画を見る時には、違う。できるだけ暗くするのである。昔の映画館のように、どこになにがあるのか、足もとも見えないほどの漆黒の闇の中で、わたしは映画を見るのが好きだ。

そんなところにいると、自分がどこにいるのかわからなくなる。暗闇に囲まれて、宇宙空間に放り出されたような気がする。そういえば、小さい頃、屋根に登って、よく星空を見た。台所か居間から、母親が叱る声が聞こえてきたが、わたしは放っておいた。いまより空が澄んでいたからなのか、それとも、ずっと若く、目が良かったからなのか、空の隅々まで、星が溢れ、その間を、時に尾を曳いて星が流れるのが見えた。いくら見ても見飽きることはなかった。その時も、いつしか自分がどこにいるのかわからなくなるのだった。他の家の屋根の稜線ぎりぎりまで星が見えた。すべては暗く、身体の感覚がなくなり、空中に浮かんでいるような気がした。

いまでは、すべてが明るすぎるような気がする。だから、部屋を暗くして、古い映画を眺めるのである。

『東京物語』が一九五三年に公開されたことはもう書いた。小津安二郎の代表作であるばかりではなく、いま、映画に関するアンケートをとれば、「世界映画史上のナンバーワン」とされることも多い。神格化された作品といってもいいだろう。いったい、なぜなのか。日本という極東の小さな国で作られた、きわめて地味な作品が、それほどまでに評価されるというのは。

ポンポン蒸気の音が聞こえてくる。画面には、灯籠が映っている。その向こうに、狭い海峡と、船着場が映っている。それから、カメラは移動して、材木店の前を通る、ランドセルを背負った小学生の姿が映る。ポンポン蒸気の音は、少しずつ遠ざかっていく。それから、背の低い山が見え、そこに瓦屋根が見える。列車の音が響いている。カメラは反対側を向く。狭い海峡と家々、そして、列車の音。最後に聞こえてくるのは汽笛の音だ。汽笛の音がこだまし、松に囲まれた家が映り、そして、人びとが現れる。周吉ととみだ。周吉は時刻表を見ている。彼らは、東京へ向かおうとしているのだ。

「これじゃと大阪六時じゃなァ」
「そうですか。じゃあ敬三もちょうどひけたころですなァ」
「ああ。ホームへ出とるじゃろう……電報打っといたけぇ」

これが、映画『東京物語』の冒頭のシーンだ。わたしは、そこで映像を止め、また最初に戻る。それが、この映画を見る時のわたしの儀式だ。そこに映っているのは、一九五三年前後の尾道の景色だ。この映画を見てきた無数の観客にとって、それは、日本という国の、ある地方の、小さな街だ。それから、この偉大な映画の「背景」となる、どこかの街だ。だが、わたしにとっては、少しだけ違う。そこは、わたしが生まれた場所だ。さらにいうなら、わたしが生まれた「時間」もそこには映っているような気がするのである。

わたしは、一九五一年一月に尾道で生まれた。母も同じである。祖父も祖母も、尾道で長く暮らした人たちだった。あるいは、叔父も叔母も従姉妹たちも、そこで長く暮らした。だから、その画面の奥に、映ってはいないけれど、祖父や祖母や母や、親戚たちが「いる」ことも、わたしが生まれた家が「ある」ことも知っているのである。

わたしは、また冒頭に戻る。すべてはなにもなかったかのように始まる。ポンポン蒸気の音、それから、列車の音、汽笛。わたしは、瞼を閉じている。暗い部屋の中で瞼を閉じる。だから、なにも見えない。まるで、子どもの頃、屋根に登り、それからそのまま横たわって、吸いこまれるような星空を浴びていた時のように。

わたしの実家は、尾道駅の近く、山陽本線が走る線路のすぐ傍にあった。いまでも思い出すのは、二階(寝室は二階だった)の窓ガラスに映る、蒸気機関車のたてる火の粉の赤さだ。それから、停車しようとする、あるいは発車しようとする機関車のたてる、途轍もなく大きな音だ。それから、悲鳴のように長く、長く続く、汽笛の音だ。

どうして、汽笛は、生きものの声のように聞こえるのだろう、小さなわたしは、祖母の膝にもたれて、そんなことをボンヤリ考えていた。まるで、絶滅寸前の恐竜の叫び声のようだ。わたしが耳を押さえると、祖母は優しく、わたしの髪の毛を撫でた。

わたしは、瞼を開ける。フィルムの上に定着された「尾道」の風景が終わり、家の中が映っている。そこでは、また、周吉ととみが、さっきと同じ会話を交わしている。


「これじゃと大阪六時じゃなァ」

「そうですか。じゃあ敬三もちょうどひけたころですなァ」

「ああ。ホームへ出とるじゃろう……電報打っといたけぇ」


周吉の髪は白く、背中は曲がり、着物の前のあたりが少しはだけ、痩せた胸が少し見える。周吉は、老眼鏡を使いながら、時刻表を懸命に眺めている。その横で、小太りの老婆が、同じように背中を丸め、静かに、夫の声に耳をかたむけている。

彼らは、遠くへ出て行った子どもたちのところに出かけようとしている。彼らは、田舎にいて、子どもたちは、都会の住人だ。この国が「近代」を迎えてから、幾百、幾千万の「周吉ととみ」が、そんな風に、畳の上に座り、出て行った息子たちのところへ、その様子を見に行こうとしたのだ。この国では、それがふつうのことだったのだ。

そして、東京へ出てきた老夫婦は、いくつかの不快な事実と向き合わざるを得ないのである。町医者となった長男夫婦の元にも、美容院を営む長女夫婦の元にも、彼らの居場所はない。彼らは、「歓迎されざる訪問者」だった。都市の住人になった子どもたちにとって、遠い故郷に住む親たちは、ほんとうのところ、忘れるべき存在になっていたのだ。

老夫婦の訛り、彼らの老いて曲がった背中、のろのろした歩み、それらすべてが厭うべきものだった。もちろん、子どもたちは、露骨にそのことをいったりはしないし、自分たちが、両親をやっかい者と思っていると指摘したら、怒って否定するだろう。なぜなら、彼らは、主観的には、「親孝行」だと思っているからだ。

子どもたちは、自分たちの家に留まる老いた両親をどのように扱っていいのかわからない。なので、楽しんでもらうつもりで、観光地である熱海に追いやったりするのである。けれど、俗化した観光地で、一晩中鳴り響く、流しの歌に不眠の一夜を過ごす。そして、都市住民となった子どもたちの世界に、自分たちの場所がないことにようやく気づくのである。

朝、旅館から出て堤防に座ったふたりはこんな会話を交わす。

「お父さん、もう帰りたいんじゃないですか?」

「いやア、お前じゃよ。お前が帰りたいんじゃろう……東京も見たし、熱海も見たし……もう帰るか」
「そうですなァ。帰りますか」

彼らが戻る場所は一つしかない。それは、故郷の「尾道」なのである。

わたしは『東京物語』を見続けている。そこで、老夫婦は故郷に戻り、妻は病の床につき、やがて、静かに亡くなる。そして、ようやく、子どもたちも故郷に戻るのである。その場面の向こう側では、冒頭のシーンと同じようにポンポン蒸気の音が響き、セミが激しく鳴くのである。そして、葬式が終わると、子どもたち、それから戦死した次男の嫁もまた、蒸気機関車に乗って元の都会へ戻ってゆく。この次、彼らが集まるのは、周吉が死んだ時になるだろう。そして、その後で、おそらくは、一度か二度、何周忌かの集まりがあって、やがて、彼らが集まることはなくなるだろう。映画に映った墓地も、周吉ととみのものであり、子どもたちにとっては、もしかしたら無縁のものになろうとしているのかもしれない。仮に、子どもたちの誰かにとっては、入るべき墓なのかもしれないけれど、少なくとも、孫の代になれば、墓も「尾道」も関係ないのだ。やがて、守る者のいなくなった墓は朽ち果てるだろう。

『東京物語』の中には、この国で反復されてきた親たちと子どもたちの物語が、鮮やかに定着されている。故郷を捨てて都会に出てきたのは、わたしの親の世代であり、それでも、彼らは、親の死を弔うために「尾道」に戻る必要があった。けれども、孫の世代であるわたしにとって、「尾道」は、祖父母や両親の世代の故郷に過ぎない。確かに、わたしは、そこで生まれたのだ。だが、わたしには、かすかな記憶しか残ってはいないのである。

だから、わたしたちは、『東京物語』を見るとき、自分たちの経験が反復されているように感じる。映画が完成してから六十年、世界中で、この映画が繰り返し見られるようになったのは、世界中のあらゆる場所に、故郷を出てゆく子どもたちと、故郷に残るしかない老夫婦の物語が存在したからである。

わたしも同じだ。そこには、わたしの両親の、あるいは祖父母たちの物語が映っていると感じる。けれど、わたしは、他のほとんどの観客とは異なる感想を持つことができる。なぜなら、わたしにとって、「尾道」は、世界のあらゆる故郷の別名ではなく、わたしが生まれた場所の、固有の名前だからである。

「尾道」に戻る

久々に尾道に戻った。

夏休みの度に戻っていた、生まれ故郷に戻らなくなったのは、高校生の頃だ。その夏、友人と祖父母の住む実家を訪ねてから、ぱたりと訪れることはなくなった。その間に、祖父母たちは、共に老いて亡くなった。あんなにも可愛がってもらったのに、わたしは、葬儀には参加しなかった。その途中、認知症が進み、介護が必要となった祖父母のために、母親が長期にわたって尾道に戻ったのも、わたしには関係のないことだった。

時は流れ、わたしが尾道を訪ねたのは、テレビ番組の取材のためで、その時、わたしは五十歳を超えていた。

尾道はすっかり変わっていた。確かに、山並みや海の佇まいは同じようにも見えた。けれども、古めかしかった駅舎は改築され、いま日本中のどこにでもある、派手な造りのものになっていた。駅の前には広場が整備され、大きな駅ビルができた。また、海の傍にホテルができて、狭い海峡と反対側にある向島《むかいしま》を見えなくしていた。

三十数年ぶりに尾道の駅頭に降り立った時、わたしには、そこがどこなのか一瞬わからなかった。記憶の中にある「尾道」はどこにもなかった。そこは、日本中のどこにでもある、老い衰えつつある中堅都市のひとつだった。祖父母もとうに亡くなり、わたしが毎年のように通っていた実家もなかった。建物も商店街もすべては装いを一新していて、わたしの知らない街並みが、そこにはあった。

いまでも思い出すけれど、その、三十数年ぶりの訪問は、わたしにとって苦い思い出となった。あの街はもうないのだ、とわたしは思った。蒸気機関車もポンポン蒸気ももうなかった。夜になると、チャルメラを鳴らして売りに来るラーメン屋の屋台も、とりたての魚を積んだ小さな木製の台車を押す漁師の妻の姿もなかった。わたしが通っていた頃、一つのクラスには五十人ぐらいの生徒がいて、そんなクラスが一学年に四つもあった小学校は、近隣の小学校を二つ統合しても、三十人弱のクラスが二つできるだけだった。わたしの記憶の中にある「尾道」は、どこにもなかった。

それから、わたしは、時々、「尾道」を訪ねるようになった。あの、久しぶりの訪問の時の苦いショックは少しずつ減っていった。何十年も訪ねることもなく、突然やって来て「ここには昔の尾道はもうない」などというのは失礼なことだった。わたしにも、それがわかっていた。そして、わたしは、少しずつ、現状を受け入れるようになった。海に面して急峻な坂道が続く千光寺山に張りついた家々には、たくさんの空き家があった。年老いた住人は、そこから脱して、子どもたちの元へ、あるいは、もっと平坦な土地へ移っていったのだ。

日本の、あらゆる地方の街がそうであるように、この街も、少しずつ、さびれていった。けれども、それに抗う力も、ここには生きていた。それがなになのか、わたしにも正確にはわからない。『東京物語』や、それから、この地で生まれた大林宣彦監督の、いわゆる「尾道三部作」といった映画群によって、新しく「尾道」を知った観客たちが、映画の中の幻の街を確認するために、この街を訪れるようになった。

もちろん、『東京物語』の「尾道」や、『時をかける少女』や『さびしんぼう』や『転校生』の「尾道」は、どこにも実在しない。ここは、現実の「尾道」は、映画の中の「尾道」によく似た、でも実は、どこにでもある街のひとつに過ぎない。けれど、わたしも、時々、この街を歩きながら、映画の中の道や風景を探していることに気づくのである。

もしかしたら、この、瀬戸内にある、ひとつの地方都市には、その現実の街並みの上に、うっすらとヴェールのように、幻の街が重なってかかっているのかもしれない。そして、この街を訪れる度、人びとは、そのもうひとつの幻の街の息吹を感じて、ホッとするのかもしれない。

わたしが今年、尾道を訪ねた時、街では大規模な仮装大会が行われていた。様々なキャラクターが、この古い街をねり歩いた。その中の多くは、テレビやアニメが産んだ、二次元のキャラクターたちだった。その姿は、この古い街に不思議に似合っているようにも思えた。

画面の中の『東京物語』が終わろうとしている。登場人物の大半は、もうこの世界にはいない。いや、突然の引退の後、半世紀にわたって姿を現すことなく、いまも生存している原節子や、いまなお現役である香川京子が、目の前にいることが、わたしの中に複雑な感情を産む。彼らもまた、わたしのように、こうやって、時々、『東京物語』の世界を見つめたりするのだろうか。

フェリーニの映画『インテルビスタ』で、マルチェロ・マストロヤンニとアニタ・エクバークが、およそ三十年前に彼らが主演した『甘い生活』を見つめるシーンは、とても美しかった。画面を見つめるふたりの男女は、すっかり老いて、三十年前の面影はもうない。けれども、画面の中のふたり、三十年前のふたりは、美しく、若々しく、映画の魔術によって老いることはないのである。

画面を見つめる老いたふたりの名優の目には喜びが満ち溢れていた。彼らには、戻るべき場所があったのだ。時が過ぎ去り、年老いても、彼らの失った若さは、永遠に映像の中に閉じこめられているのである。

蒸気機関車に乗って、原節子演じる義理の娘「紀子」が、「尾道」を出てゆく。周吉はひとり、取り残される。ポンポン蒸気の音がまた聞こえてくる。近所の奥さんが、軒先を通りかかり、周吉に声をかける。

尾道は、瀬戸内海のほぼ中央、広島県東南部に位置する。上は、小津安二郎『東京物語』(1953年)の尾道(写真提供/松竹(株))。下は、2013年現在の尾道。(©2013 Condé Nast Japan)

「みなさんお帰りんなって、お寂しうなりましたなァ」
「いやァ……」
「ほんとうに急なこってしたなァ……」
「いやァ……気のきかん奴でしたが、こんなことなら、生きとるうちに、もっと優しうしといてやりゃよかったと思いますよ……」
「なあ」
「一人になると急に日がなごうなりますわい……」
「まったくなァ……お寂しいこってなすなァ」
「いやァ……」

女は去り、周吉はひとりになる。カメラが下がる。背を丸めて無言で座る周吉の姿が映る。そして、最後にまた、「尾道」の風景が映るのだ。

わたしは、それが、一九五一年か五二年の、現実の「尾道」の風景であることを知っている。でも、そこに映っているのが、それ以上のなにかであることも知っているのである。

ベアトリスのこと

子どもホスピス、マーチン・ハウス　前編

わたしが、マーチン・ハウスという「子どもホスピス」に行きたいと思った理由

このことについては、すでに書いたことがあるが、必要であると思われるので、もう一度、書いておきたい。

次男が、急性脳炎で国立成育医療センターに運ばれたのは、二〇〇九年の正月だった。その時、次男は二歳の終わりを迎えていた。体調を崩し、大晦日に近くの病院に連れていった。診断は「風邪」であった。急変したのは帰宅し、寝てからだった。明け方には、麻痺が広がり、意識が朦朧とした。元日、慌てて、前日の病院に行くと、同じ医師が「急性脳炎だと思うが、ここでは治療できない」として、救急車を呼んだのである。

成育医療センターに運ばれた次男はただちに脳の検査を受けた。医師は、わたしと妻を別室に呼び、こう告げた。

「お子さんは、たいへん重篤な状態です。急性の小脳炎だと思います。これから、治療を開始しますが、このまま亡くなる可能性が三分の一、助かったとして重度の障害が

残る可能性が三分の一だと考えてください」

わたしには、医師がしゃべっていることばの意味がよくわからなかった。作家であるにもかかわらず、自分が誰かの作品の登場人物になって、他の登場人物の台詞を聞かされているような気がした。

医師との面談が終わるとＮＩＣＵ（小児用集中治療室）にいる次男のところに行った。次男はオムツだけにされ、四肢を何かで固定されていた。意識はほとんどなく、獣のようなうめき声だけが聞こえた。

そして、わたしと妻は、一度、帰宅した。用意すべきことがいくつもあったからだ。わたしは一晩、考えた。そのいくつかは、愚かなことだった。自分の思考を愚かだ、と思いながら考えた経験は、ほとんどなかった。たとえば、次男がこれからずっと寝たままで生涯を過ごすとして、いくら経費がかかるか、わたしが死んでからなおどれほどの年月、彼は生きねばならぬかを考えた。わたしに財産はないに等しい。わたしは、半ば本気で銀行強盗でもするしかないのか、と思った。要するに、わたしはパニックに陥っていた。

それからまた別のことを考えた。重度な障害の残った次男は、どんな生活をおくることになるのか。教育はどうなるのか。「ふつうの」教育を受けさせることしか頭になかったわたしには、その方面の知識が完全に欠けていた。いや、おそらく、こんな状況に陥らなければ、誰でも、その知識が欠けていることさえ知らないのである。

翌朝、わたしは、それがどのようなものであろうと、事実を受け入れるべきだと考えるに至った。そして、その瞬間、不思議なことに、いままで考えたことのないような深い喜びを感じた。

いま思えば、その夜、わたしはキューブラー＝ロスが言った「死を受け入れる五つの段階」を経験したのだ。否認(なぜ、彼が死んだり、障害者にならなければならないのか)→怒り(彼にはなんの咎《とが》もないのに)→取引(わたしはどうなってもいいから、彼を元に戻してほしい)→抑鬱(もう耐えられない)→受容(この事実を認め、どうやって彼と共に生きてゆくかを考えよう)である。

子どもの死は、わたしにとって、自身の死に匹敵するものだったのだろうか。あるいは、解決できない難問を前にすると、わたしたちはいつも「死を受け入れる五つの段階」と同じステップを踏んで考えるしかないのだろうか。

わたしは、次男が死ぬまで身動きできず、ことばも話せないという状態になったとして、最後まで支えることを決めた。「決めた」というのは、おかしな表現かもしれない。それは、「責務」だろうか？　違う、とわたしは感じた。

わたしたちにとって義務や仕事の多くは「わたしではなく、他の誰か」でも代替可能なものだ。だが、その次男を支えて生きることは「他の誰かではなく、わたしたち親」

に対して、捧げられた仕事なのだ、と感じた。わたし(たち)にしかできない仕事、あるいは義務、それは喜ばしいものではないだろうか。

わたしは、一日かかって、その結論に達し、そのことを妻に告げた。すると、妻は呆れたように「そんなことを一日考えてたの?」といった。わたしが一日かかってたどり着いた結論に、妻は、医師の宣告から数分でたどり着いていたのである。

その後の、次男の入院生活についてはここでは書かない。彼は、医師も驚くほど急激に、かつ奇跡的に回復した。小脳炎の後遺症と思われるものは残っているが、日常生活に支障をきたすことはない。そういう意味では、わたしの心配は杞憂に終わったのである。

だが、この経験はわたしを変えたように思う。二カ月の間、わたしは、次男が入院している成育医療センターに通った。たくさんの難病の、あるいは、重い病にかかった子どもたちが次から次にやって来た。そして、何人もの子どもたちが亡くなっていった。

ある日、わたしは不思議なことに気づいた。わたしと同じように、その病院に通う母親たちの表情がとても明るいことに、である(父親の数は、母親に比べてずっと少なかったし、表情も暗いように思えた)。

なぜ、そんなことが可能なのか。病気の子どもの傍にいることは苦痛ではないのか。わたしは、病院の最上階にあった食堂で、ひとりの母親に訊ねた。その母親には、三つの難病を抱えた六歳の子どもがいて、その子どもは、数カ月置きに三つの病院に順番に入院していった。もう何年も自宅に戻っていないのだ、とその母親はいった。そういいながら、表情は明るかった。

わたしの質問に、その母親は、こう答えた。

「だって、可愛いんですもの」

それは意外な答えのようにも、当然の答えのようにも思えた。わたしもまた、意識がなく、時折痙攣をしている、医師から「回復しないかもしれない」といわれていた次男を見ながら、「これほど可愛いものがあるだろうか」と見ほれていたのだ。

その後、わたしは、この本で記した所や、そのほかにも、いくつもの施設や人びとを訪ねるようになった。あるいは、そんな人たちのことを調べるようになった。

ダウン症の子どもたちのアトリエ、クラスも試験も宿題もない学校、身体障害者ばかりの劇団。それから、重度の障害者を育ててきた親たちが、そんな彼らのために国や県を動かして作った施設、あるいは、平均年齢が六十歳を超える過疎の島で原発建設に反対する人たち、認知症の老人たちと共に暮らし最期まで看取ろうとしている人たち。あるいはまた、夜になると公園や駅の近くを歩き回り、病気のホームレスたちを探し、施設に入れ、あるいは彼らの行く末を考えている人たち。

ひとつの単語にすれば「弱者」ということになってしまうだろう、彼らのいる場所を訪ねるようになった理由の一つに、好奇心があることは否定しない。けれど、もっと大きな理由は、別にある。いや、大きな理由が他にあったことに、わたしは、途中で気づいた。それは、その「弱者」といわれる人たちの世界が、わたしがもっとも大切にしてきた、「文学」あるいは「小説」と呼ばれる世界に、ひどく似ていることだ。

彼らの住む世界は、わたしたちの世界、「ふつう」の人びと、「健常者」と呼ばれる人びとの住む世界とは少し違う。彼らは、わたしたちとは、異なった論理で生きている。一見して「弱く」見える彼らは、わたしたちの庇護を必要としているように見える。だが、彼らの世界を歩いていて、わたしたちは突然、気づくのである。彼らがわたしたちを必要としているのではない、わたしたちが彼らを必要としているのではないか、ということに。

彼ら「弱者」と呼ばれる人びとは、静かに、彼らを包む世界に耳をかたむけながら生きている。彼らは、あくせくしない。彼らには、決められたスケジュールはない。彼らは、弱いので、ゆっくりとしか生きられない。ゆっくりと生きていると、目に入ってくるものがある。耳から聞こえてくるものがある。それらはすべて、わたしたち、「ふつう」の人たちが、見えなくなっているもの、聞こえなくなっているものだ。また、彼らは、自然に抵抗しない。まるで、彼ら自身が自然の一部のようになる。わたしたちは、そんな彼らを見て、疲れて座っているのだ、とか、病気で何も感じることができなくなって寝ているのだ、という。そうではないのだ。彼らこそ、「生きている」のである。「文学」や「小説」もまた、目を凝らし、耳を澄まさなければ、ほんとうは、そこで何が起こっているのか、わからない世界なのだ。

「子どもホスピス」の存在を初めて耳にしたのが、いつだったかは、はっきり覚えてはいない。もしかしたら、二十数年前、不治の病にかかった少年たちの最後の楽しみとしてディズニーランドを訪れるという、スタンリー・エルキンの未訳の小説『マジック・キングダム』(Stanley Elkin, *The Magic Kingdom*)を読んだ時、強い印象を受けたのが、その最初だったのかもしれない。

そこには、考えられるもっとも「弱い」人間がいた。いま考えるなら、エルキンもまた、イギリスでようやく出来たばかりの「子どもホスピス」を念頭に置いて、小説を書いたのかもしれなかった。いや、それは偶然で、その頃、死にゆく子どもたちの運命に心をくだいた人たちが、大西洋の両側で、同時に存在しただけなのかもしれない。

それはもしかしたら、わたしの次男が行くかもしれない場所であった。つまり、わたしが、子どもと共に、行くかもしれなかった場所だったのだ。

春の終わり、雪、ベアトリス、アンドリュー

わたしが、NHKのスタッフと共にイギリスに渡ったのは、今年の三月の終わりだった。イギリスは、その頃、季節外れの雪に襲われていた。いや、イギリスだけではなかった。ヨーロッパ全体が、厳しい冬将軍の支配下にあった。もう春なのに、真冬に逆戻りしたかのようだった。イングランド北部の都市リーズ近郊は真っ白だった。そして、わたしがイギリスにいる間、しょっちゅう雪が降っていた。凍えるような季節だった。春はどこに行ったのだろう、とわたしは思った。

わたしは、リーズの近くにある、マーチン・ハウスという「子どもホスピス」を訪ねた。番組の取材のためだった。それは、イギリスでは二番目に古い「子どもホスピス」だった。ということは、世界で二番目に古い、ということなのだが。

そこで、わたしは、たくさんの人たちと出会った。子どもたち、親たち、マーチン・ハウスのスタッフ。それから、マーチン・ハウスを支える、様々な人たち。

もちろん、そこは、子どもたちが死んでゆく場所だった。それを知って、わたしはその場所を訪ねたのだ。

明るく、広大な、厳しい寒さの中にあって、でも花と緑に囲まれたマーチン・ハウスで、わたしは、ベアトリスと会った。たくさんの人たちの中にいて、いつも最初にわたしの視線に飛びこんでくるのがベアトリスだった。

ベアトリスは四歳の、とても可愛い女の子だった。とても、とても可愛い。『不思議の国のアリス』のヒロインが、生きて、目の前に現れたら、こんなだろうな、とわたしは思った。ベアトリスは、おとぎ話の中から、生まれたみたいだった。

ベアトリスは、いつも電動式の車椅子に乗っていた。そして、その電動式の車椅子を、器用に運転していた。

ベアトリスは、いつも、すごいスピードで車椅子を動かしていた。まるで、F1ドライバーさながらだった。人と人の間を、机と机の間を、廊下と扉の間を、ぬうように、手元のコントロールバーを動かしながら、進んでゆくのだ。

スタッフがベアトリスに声をかけようとすると、彼女は、ちらりと一瞥するだけで、まるで無視するように、去っていった。何を怒っているのだろう、とわたしは思った。

彼女はわたしたちが近づくと、逃げた。そして、ずっと遠くに行くと、車椅子を止め、遠くから、わたしたちの様子を窺っていた。

彼女は疑っていたのだ。わたしたちが好奇心から、あるいは、取材の対象として自分を利用しているのではないか、と。

だから、わたしは、彼女を放っておいた。追いかけなかった。彼女の自由を尊重するべきだった。彼女が生きているいまを、こちらの都合で邪魔してはいけないことはわかっていた。

わたしたちは、遠くから、そっとベアトリスの様子を見つめた。そして、少しの時間だけ、カメラを向け、彼女が敵意に満ちた視線をこちらに向けると、ごめんね、といってカメラを下げた。そんな風に、最初の数日が過ぎた。そして、気がつくと、わたしとベアトリスは友だちになっていた。


「ベアトリスは、ほんとうに可愛いですね。ぼくもひと目で好きになりました」

「ありがとう。わたしは父親ですから、少し欲目が入っているかもしれませんが、でも、ベアトリスは特別な女の子です」

「アンドリュー、仕事はしているのですか?」

「いえ。わたしは娘の介護に専念しています。それから、多くのチャリティ活動をしています。娘にはたくさんの介護装置が必要で、そしてどれも高価だからです」

「ベアトリスが生まれる前は？」

「チャリティの団体で働いていました。シニアマネージャーとしてホームレスの若者たちと一緒にチャリティ活動をしていました」

「そして、ベアトリスが生まれたんですね？」

「はい。彼女が七カ月の時、具合が悪くなりました。身体は他のふつうの子どもたちと変わりはありませんでした。病院に行く前は、ひとりで座ることもできたし、兵士みたいに匍匐《ほふく》前進することもできました。けれども、退院する時には、そういったこともできなくなってしまいました。病院では様々な検査をしました。でも、診断が出たのは、最初に病院に行って一年もたってからでした。診断は脊髄性筋萎縮症と呼ばれる遺伝性の疾患で、これには三つのタイプがあるのですが、彼女は2型です。1型なら、生後六カ月も生きられなかったでしょう。2型の症状は筋力低下で、彼女は一生歩くことができません。また、循環器の異常も発症していて、いつ、厳しい状態に陥るかわかりません。少し前にも、肺炎で入院し、危篤から脱したばかりです」

アンドリューはベアトリスの父親で、とてもハンサムだ。ベアトリスはアンドリューによく似ている。可愛いわけだ、とわたしは思った。

「人生で、それが当たり前だと思って向かっていた方向に進めなくなった時、それまで子どものために想定していた人生設計が存在しなくなった時、誰でもとまどうと思います。わたしもそうでした。そして、そこから子どもができうるかぎり最高の人生を送るために計画を建て直さなければならなかったのです。医者から電話を受けた時、最初に思ったのは、妻にどう話すべきか、ということでした。ベアトリスが、自分に起こったことを理解するには幼すぎましたしね。とにかく、妻に知らせ、それからベアトリスにどのくらいの時間が残されているのかを考えたのです。あと五年？　十年？　それとも明日まで？　そして、わたしは、どうすべきなのだろうか？」

「そして、アンドリュー、あなたは、フルタイムの介護生活を選んだのですね」

「そうです」

「ベアトリスは、四歳ですね？　でも、とても四歳には見えない。たいへん聡明な子どものように思えます。彼女は、自分の病気についてどう思っているのでしょうか？」

「ベアトリスは、ほんとうに聡明な子どもです。たまに、彼女が四歳であることを忘れてしまうほどです。ある時、彼女はわたしにこう訊ねました。『パパ、わたし、歩けるようになる？』『パパ、わたし、死ぬの？』『パパ、死んだら、どうなるの？』って。四歳の子どもの、その質問に答えるのは、とても難しいことです。わたしは特別信心深い人間ではありませんし、その答えが書いてある本を持っているわけでもありません。

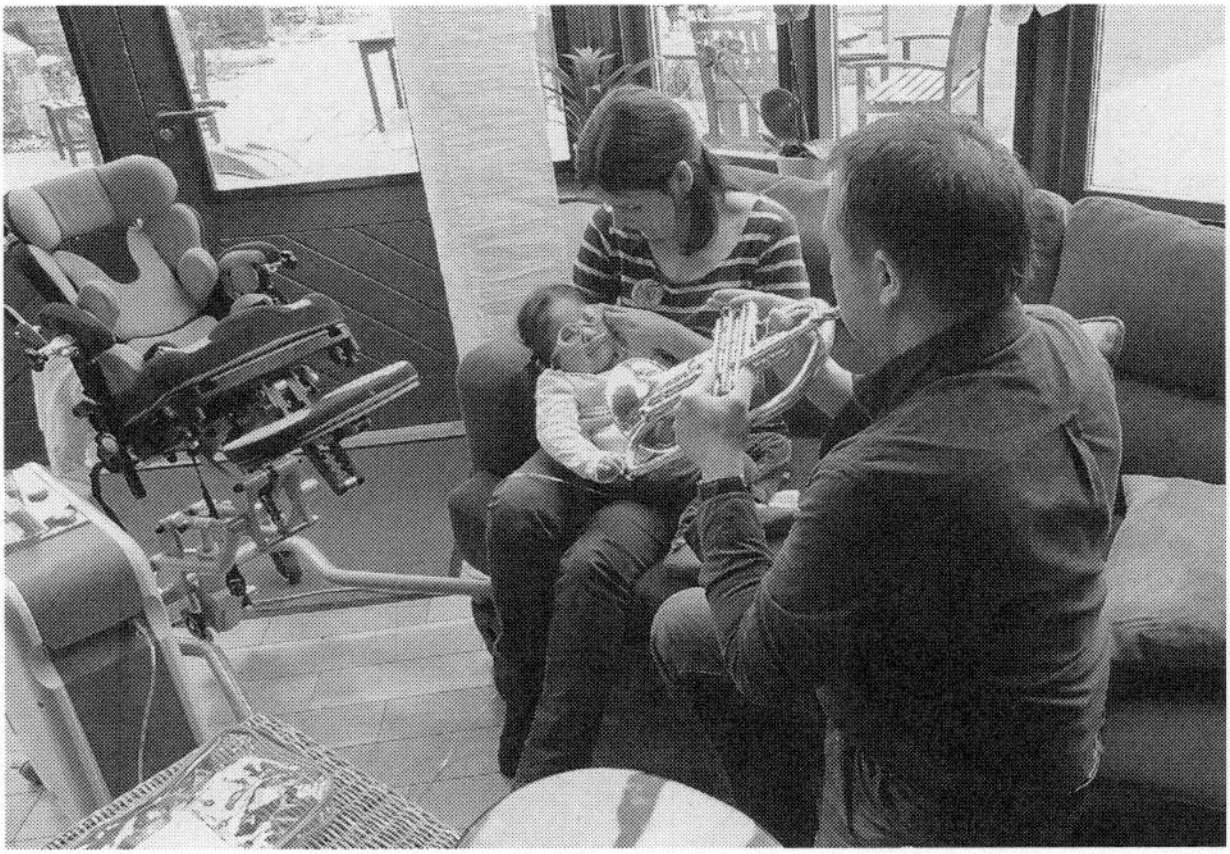

音楽セラピーでは、生演奏を楽しむことができる。ミュージシャンのボランティアによって支えられている。（撮影：高橋源一郎）

だから、わたしは、それはベアトリスに決めさせようと思ったのです。『歩けるようになる？』と訊《き》かれたら『わからない』と答えました。『わたし、死ぬの？』と訊かれたら『誰だって死ぬんだよ』と答えました。

わたしはベアトリスに嘘はつきたくないのです。それは、いけないことだと思うのです。彼女の尊厳を穢《けが》すことになるのです。ですから『死んだら、どうなるの？』という質問には、『どうなると思う？』と訊き返しました。すると、彼女は『みんな、お姫さまや王子さまになってお城がいっぱいある、きれいなところに住むの』といいました。だから、わたしは『きみがそう思うなら、きっとそうだと思うよ』と答えたのです。ベアトリスは、強いエネルギーを持っています。去年の六月には状態が悪くなって集中治療室に入りました。わたしは、ベアトリスを失うのではないかと心配しました。けれど、彼女は持ち直し、会話ができるようになると、最初に『絵を描く道具がほしいわ』といったのです。『退屈なんだもの』といって。

ベアトリスは自分の娘ですが、わたしには特別に思えて仕方ありません。わたしは十六歳の頃から、仕事を通じて何百人もの子どもと接してきましたが、ベアトリスのような子どもはいませんでした。わたしは、彼女の人間的な魅力を嬉しく思います。彼女は人生の目的を追求し、生きたいと願い、自分の人生を楽しみたいと考え、できることを何でもやり遂げようとする子どもなのです」

「そして、ベアトリスの弟として、ヘンリーが生まれましたね」

「妻がヘンリーを身ごもっているとわかったのとほぼ同時にベアトリスの診断が下ったのです。悩みました。医者は、ヘンリーがベアトリスと同じ病気にかかっているかテストをするかと訊ねました。ヘンリーがベアトリスと同じ遺伝病にかかっている可能性は四分の一、でも、テストをすると流産をする可能性も高いのです。わたしたちは、その危険を冒すことはできませんでした。どのような結果になろうと受け入れることに決めたのです」

「アンドリュー、重い病を抱えた子どもを育てる、ということは、どういうことなのでしょう。そして、その経験は、あなたにとってどんなものなのでしょうか」

「わたしは、まだ人生について学んでいる最中なのです。でも、わたしは、何が起こったとしても、良いことは必ずある、と思っています。いままで出会ったことのない人に会い、行ったことのない場所に行けるようになったのですから。そして、毎朝目を覚ますと、ふたりのかけがえのない子どもたちがいてくれるのです。わたしは、自分がものすごく、とても、幸運に恵まれた人間だと思うのです」

父親のアンドリューにインタビューをして数日たち、帰国する直前になって、わたしたちは、ベアトリスの家に招待されることになった。ベアトリスは、少しずつ、わたしたちに心を許すようになり、気がつけば、いつもおしゃべりをするようになっていたのだ。

マーチン・ハウスから車で一時間弱、住宅街の外れに、ベアトリスの家はあった。わたしたちが入ると、一階の広いリビングルームには、ほとんどなにも家具がなかった。ベアトリスの病気が判明し、車椅子生活になった時、彼女が自由に動き回れるように、家具をすべて撤去してしまったからだ。

リビングの奥から、ドレスを着たベアトリスが、車椅子に乗って、満面の笑みを浮かべて近づいてきた。

に着てくれたの？」

「いらっしゃい！」

「わあ、なんて可愛いドレスなの。そのお姫さまみたいなドレスは、ぼくたちのため

わたしがそう訊ねると、ベアトリスは、恥ずかしそうにうなずいた。そして、わたしたちは、その日の午後を彼女と過ごした。わたしは、彼女の真っ直ぐな視線を見つめて話をした。それから、彼女がする行いの一つ一つを、少し離れて、見ていた。あるいは、彼女の傍ら、触れ合うほどの距離で、彼女の横顔を見ながら、彼女が器用に動かす「妖精たちの城」(木製のドール・ハウス)の登場人物たちの物語に聞き入った。それから、また、彼女に誘われて、ｉＰａｄのゲームを一緒にした。それは「Granny Smith」というゲームで、活発なお祖母さんが、いたずらっ子の孫を追いかけて、リンゴを取ったり、ジャンプしたりしながら、どんどん進んでゆくというものだった。ベアトリスは、車椅子を扱う時と同じように、流れるような動作でゲームを進めていった。わたしも試してみたが、ぜんぜんうまくいかなかった。ベアトリスは「下手ねえ」と笑った。そうだ。わたしは運動神経がない。ベアトリスの十分の一も。

テレビのスタッフと父親のアンドリューが話をしていた時だった。気がつくと、ベアトリスの姿が見えなかった。大きな窓にくっつくようにしてベアトリスが外を見ていた。

「ベアトリス、ここは眺めがいいんだね」

ベアトリスと一緒に。(撮影：高橋源一郎)

「うん。向こうにたくさん木があるでしょ。それを見てると、なんだか、空を飛んでるみたいな気がするの」

「ほんとだ。ベアトリスは、よく外を見るの?」

「そうよ。いつも、外を見てる。虹が出てるのを見るのが好き」


ベアトリスはアンドリューに「わたし、死ぬの?」と訊ねた。でも、それは一度だけだった。「子どもホスピス」の子どもたちは、よく、そんな質問をする。たいていは、みんな、一度だけ。その理由を、わたしは、スタッフに訊いたことがある。スタッフのひとりは、わたしにこう答えた。

「知りたいことは一度でわかるのです。そして、それ以上、訊ねることが親を苦しめることを、よく知っているからです」

死は、その四歳の女の子のすぐ傍にいるのだ。彼女も家族も、それから、周りにいる人たちはみんな、そのことをよく知っている。けれど、そのことは彼女を追い詰めもせず、勇気を挫くこともできない。わたしは、そのことを考えた。わたしは、とても不思議だった。その四歳の女の子と話しながら、その深いブルーの瞳がわたしを射抜くように見つめるのを感じながら、いままで味わったことのない感情が、わたしの中で動いていた。

それは、マーチン・ハウスの中を歩きながら、その中で、人びとと話しながら、感じたものでもあった。いや、次男が、医師から宣告を受け、そして、いろんな場所を訪ねるようになってから、いつも、少しずつ感じていたものでもあった。

わたしは、まだ、それをうまく説明することができない。すぐにことばにすることができない。でも、それは、「ある」のだ。

それは、わたしが、小説とか、文学というものを書いている時、感じるなにかでもあるような気がした。

ベアトリスがわたしを呼んでいた。わたしにも子どもがいて、それはちょっとベアトリスに似ているといったので、続きを聞きたいとベアトリスは言っている。少し話をしようと思う。でも、彼女の前に出ると、わたしは少し緊張してしまうのだけれど。

ここは悲しみの場所ではない

子どもホスピス、マーチン・ハウス　後編

不思議な教会、前かがみで歩くチャプレン・マークの話

マーチン・ハウスには教会がある。そう書くと「では、マーチン・ハウスは教会が作ったものですか?」と思われるかもしれない。ちがう。マーチン・ハウスには「建物」としての教会はあるけれど、いわゆるキリスト教会とは関係がないのである。

マーチン・ハウスの中を歩いていると、しょっちゅう出会う人がいた。とても、とても背が高く、まるでその背の高さを恥じているかのように少し前かがみになった、痩せて、深いブルーの瞳を持ったその人は、いつも、忙しそうに歩いていた。そして、いつも、誰かと、小さな声で話していた。時には、食堂で、ホスピスに子どもをあずけている家族と、静かに話しこんでいることもあった。その人は、いつも足早に歩くか、誰かと手短に話すか、それからじっくりと話していた。

「あの人は、誰ですか?」とわたしがいうと、スタッフのひとりが、こう答えた。

「チャプレンのマークですよ」

チャプレンという制度は、少しわかりにくい。牧師や神父といった聖職者は、通常は、教会に所属している。大きく、キリスト教会に、という意味ではなく、個別の教会に、だ。たとえば、日本でも、僧侶が、一つ一つのお寺に所属しているように。そうではなく、教会に所属していない牧師や神父もいる。それは、総称して「チャプレン」と呼ぶ。たとえば、軍隊や学校に所属している牧師や神父が、そうだ。このマーチン・ハウスにも、そんな聖職者がいる。それが、チャプレンのマークだ。

そして、この場所を訪ねた人が、驚くだろう一つの建物がある。チャペルだ。しかも、とても美しいチャペルだ。中に入ると、大きな広い部屋がある。部屋の半分の壁はガラス張りで、外の庭が見える。庭では、不思議そうな顔つきをしたウサギがこちらを見ている。こんなチャペルは見たことがない。そのガラス張りの、外から、柔らかい光が差してくる部屋で、わたしは、マークの話を聞いた。

「わたしは、ここに来る前、フランス語で、ノアの方舟を意味する『ラーシュ』と呼ばれる慈善団体で働いていました。学習障害がある人たちのための場所でした。そういった人たちは、かつては大きな病院に入れられたものです。けれど、その頃には病院の代わりに、コミュニティで一定の支援を受けながら、自分の家で暮らせるようになっていました。そういう団体です。また、スピリチュアルな役目を果たす場所でもあったの

マーチン・ハウス内のチャペル（礼拝堂）（撮影：高橋源一郎）

です。誤解をされては困りますが、一方的に、支援をするだけではありません。どんな人間も、他の人間になにかを分け与えられる能力を持っています。ですから、本質的には、人びとがお互いに支援を受けながら、一緒に暮らして働くという場所でした」

そんなマークは、ある時、雑誌で「子どもホスピス」の記事を読む。そこになにかがある、とマークは思った。そして、そこで働こうと。

「最初にここに来た時は、わたしは同僚と一緒に子どもたちの世話をするケアチームの一員として働いていました。子どもを亡くした家族のためのチームの一員として、家族たちの話を聞いていたのです。そして、その後で、チャプレンの仕事をすることになったのです。

ここはチャペルですが……ある意味でキリスト教と関係がないともいえます。このような場所では、宗教よりももっと大きくて、幅広いものを扱っているのです。人生の意味とか、人びとの織りなす物語、それから思い出とか、さまざまなものをね。たとえば、ゼンでは、人は座ったまま瞑想し、心の落ち着きを得ますね。あれは、とてもいいものです。あの方法を、わたしたちは取り入れ、家族やスタッフとシェアすることもできるでしょう。一つの……宗教ではなく、もっとずっと精神に関わるものを、わたしたちは扱わなければならないのです。あそこに……十字架のすぐ横に、小さなしるしがあるでしょう。あれはムスリムの家族のためのキブラ……メッカの方角を示したものです。だから、ここには、宗教的に異なった二つの象徴が存在することになります。

そう、それと、この風景です。緑、樹、田園、それからウサギ、鳥たち。ここは、宗教のための場所であると同時に、ただぼんやりとして、リラックスするための場所でもあるんです。

最初は、もちろん、チャペルはありませんでした。創設者のひとりである、リチャード・シードが、彼は実際に司祭だったのですが、ここには、宗教的な、というか精神的な施設が必要だと考えて、作ったのです。でも、このチャペルは大文字のCではなく、小文字のcを使っています……誰でも来ることのできるオープンな場所だからです」

マーチン・ハウスには、多くの死に臨もうとしている子どもたちとその家族がやって来る。治療のためではなく、残された時間を過ごすために、だ。でも、時間がどれほど残されているかは、わからない。そんな子どもと家族を、マーチン・ハウスは受け入れる。子どもと家族のために、「時間」と「場所」を与えるのである。それは、特別な時間であり、また特別な場所だ。

「確かに、それは、経験したことのないものばかりでした。慣れるのに時間がかかったのは事実です。わかったのは、フレキシブルである、ということです。羊のトーマスの話はお聞きになりましたね。トーマスくんは、生まれた時から、残りの生命がほとんどないことがわかっていました。そして、彼は、ここに来たのです。そして、その、ほんの僅かな日々のことです。生まれたばかりの小羊が、彼のベッドに来て、一緒に寝たのです。彼は、ほんとうに……ほとんど表情を浮かべることもなかったのに……初めてゆっくりと、安らかに眠ることができました。

もちろん、病院に小羊を連れてゆくことはできません。ここはちがいます。想定外のことが毎日起こります。ですから、どんなことにでも対応できるように心をオープンにしておかなければならないのです」

わたしが驚いたことの一つは、子どもが亡くなった後の、対処の仕方だ。亡くなった後、彼らは、まず温かい紅茶を一杯ふるまい、親たちに「死」との付き合い方を告げる。「死」は悲しみを呼び起こすけれども、恐怖ではない。そして、彼らは、亡くなった子どもたちの指や足のプリントを、親と共にとったりする。

「わたしたちは、『死』の訪れは、つらいものだけれど、それは同時に癒しが始まる時であることを学びました。家族が死の瞬間まで、いや死んだ後も、共に過ごすこと、あるいは、その時、親戚や知人に来てもらうこと、それがとても大切であることを知ったのです。

こんなことがありました。ある子どもが亡くなった時、お見舞いに訪ねて来られた学校の先生が、家族から『子どもに会ってやっていただけますか』といわれ、『こんなことは初めてですが、会えるなら是非会いたい』といって、子どもと対面された先生は、帰られる時、『この経験は、わたしを死や死ぬことへの恐怖から解放してくれました。『死』とは、とても当たり前のことなのですね』とおっしゃったのです。多くの人にとって、人の『死』は、映画や新聞記事の中で起こる、悲劇的な事件です。けれども、ここでは、そんな大げさなものではないのです。

それから……子どものことを話さなければなりません。彼らは、いつもわたしたちを驚かしてくれます、ほんとうに。彼らは……とても勇敢です。三歳や四歳の子どもが車椅子の人生をおくっていて、それを受け入れています。それだけではないのですが、わたしは、彼らの勇気を見て、いつもほんとうに心の底から驚嘆させられるのです。

あなたは、もう気づかれていると思います。ここは、悲しみの場所ではないということに、です。この場所は、わたしを……ここを訪れた人たちを鼓舞してくれます。重要なことは、ここが、暗さ、明るさ、悲しみ、歓び、苦痛、そして幸せが、常に同居している場所だということです。ホスピスを訪ねたことのない人たちは、ここが悲しみに満ちた場所だと思い、来ることをためらいます。けれど、来てみれば、ここが光に満ちた場所だということがわかるのです……そうです、ものごとには、両面があるのです。歓びと悲しみの両面が。そして、両面がある、ということが、なにより大切なのです」

トーマス、羊のトーマス、クリスマスカード

カースティンさん、トーマスくんのお話を聞かせてください。

「彼は……トーマスは、十一月十八日に生まれました。妊娠中、わたしたちは、なにか問題があるとはまったく思っていませんでした。けれど、生まれた時、人工蘇生させ

る必要がありました。呼吸が止まってしまったのです。トーマスを調べた医者は……この子には重度の障害があります、筋肉がほとんどないので、呼吸をすることも、動くこともできません、といったのです。そして、彼の寿命は短いでしょう、と。でも、彼がどの程度生きられるかは、誰も教えてくれませんでした。

わたしたちは、二カ月間をリーズの病院で過ごしました。結局、彼は自力では飲みこむことができないので、チューブを通して直接、胃に栄養を送ることにしたのです。そして、昨年の二月三日にやっと家に戻ることができたのです。彼は二週間を家で過ごしました。けれど、彼は肺炎になってしまい、また病院に戻ることになったのです。その時点で、もう、長くは生きられないと告げられました。数日か、一週間か……。

わたしは自分のことをきちんとしていると思っていますし、悪いことをしたことも、誰かを傷つけたこともありません。わたしは介護の仕事をしています、わたしの仕事は人を助けるものです。いったい、どうして、わたしの家族にそんなことが起こったのでしょう……。

そして、マーチン・ハウスを訪ねたのです。トーマスを、モニターに繋がれたままの状態にしておきたくはなかったのです。そして、メアリーが彼女の牧場から、動物を連れて部屋に来てくれました。ご存じですね……メアリーは捨てられた動物ばかりを引き取って、牧場を運営しています。わたしも夫も、トーマスが生まれてからの十四週間で、初めてリラックスすることができました。ここのスタッフたちがいつもそばにいてくれて、わたしたちが思い出を作ることができるように手伝ってくれたのです。そして、生まれたばかりの子羊のトーマスが……この時は、まだ名前がなかったのです、トーマスが亡くなってから、その名前を受け継いでくれたのです……毛布にくるまれてやって来ました。母親が子育てを拒んだので、メアリーの牧場にあずけられたのです。

子羊のトーマスは、わたしたちのトーマスと同じベッドに入れられました。子羊のトーマスはほんとうにリラックスしていました。わたしたちのトーマスもきっとそうだったと思います。彼は、手を動かせなかったので、わたしは彼の手をとって子羊に触れさせました。そして、ほんとうに不思議なことに、子羊と赤ん坊は、体をくっつけて、そのまま一緒に眠ってしまったのです……。

そして、あの日、わたしは十一時四十五分にベッドに入りました。すると、十分ほどして、下の階から電話がかかってきて、下におりてきてほしいといったのです。マーチン・ハウスのスタッフは、わたしに紅茶をいれてくれました。そして、トーマスの部屋に招き入れ、彼が亡くなったことを教えてくれました。そういうことは、よくあることなのだ、といってくれました。一日のうち、二十三時間五十分一緒にいて、離れていた十分の間に亡くなってしまうというようなことは、と。そして、わたしたちにトーマスを抱かせてくれました。それから、亡くなったら、死体がどんなふうに変化するかということも。それは、自然なことだから、少しも恐れることはないと。霊安室には、わたしたちが抱いて連れてゆきました。スタッフの人たちは、わたしたちが望めば、体を毎日洗ってあげることも、着替えをさせてあげることも、車椅子に乗せて外に散歩に連れていってあげることもできる、といいました。家族によって、選択はみんなちがいます。

わたしたちは、部屋に入り、彼と一緒にいることがいちばん大切に思えました。音楽がかかっていて、人がいつでもさよならをいえるようになっていました。わたしは、霊を信じる方なので、トーマスが亡くなった時にはドアを開けて、彼の霊を外に出してあげました。そして、わたしは、もうトーマスの霊はここにはいなくて、体だけがあるんだ、と感じました。だから、その体をできるだけていねいに扱いたいと思ったのです……それから、いくつかの儀式もありました。そして、トーマスは遠くに行ってしまったのです。

そう、それから、もう一年以上たっていますね。いまでも、怒りがこみあげたり、悲しみにうちひしがれそうになったりします。マーチン・ハウスのスタッフは、ずっと通って来てくれますし、いつでも電話で相談にのってくれます。でも……いまでも、わたしたちは試行錯誤の真っ只中にいるのだと思います……そして、それが、ずっと続くのかもしれません。

はい、つい最近、子どもが生まれたのです。アリーシャという女の子です。アリーシャには、トーマスのことを話してあげようと思います。彼の写真はたくさん残っているし、それを見せて……彼の服を使ったメモリー・ブランケットがあります。これから生まれて来る子どもたちに、それを、お下がりにでもして使ってもらいたいと思っています。それから、その子どもの子どもにも……そして、トーマスの思い出を伝えていってもらいたいと思います。彼が特別な存在だったことを。

でも、大切なのは、トーマスのほうが大事だということではなく、まったく異なった存在だったということです。トーマスの思い出を、できるだけ健全な形で伝えてゆくことが必要です。そうでなければ、新しく生まれてくる子どもたちが、自分は「二番目」だと感じてしまうでしょうから。

難しいのは、クリスマスカードやバースデーカードを書く時、トーマスの名前を入れるかどうかということです。トーマスの名前が入っているのを奇異に感じる人もいるからです。でも、わたしにとっては、彼の名前を入れないほうがおかしな感じがするのです。ここにいないからといって、彼の名前を入れないのは、彼を否定するような気がする……。そうです、だから、彼は死んでしまいましたが、彼は残り続けるし、それから、わたしたちも生きてゆく、ということです。終わりはないのです……」

キャットちゃん、買い物、心配しないで

キャットちゃん、今日はインタビューを受けてくれてありがとう。どうして、わたしたちにお話をしてくれることにしたの？

「わたしのものの見方を聞いてほしかったからです。あなたたちは、ずっとインタビューをしていたでしょう？　だから、他の見方や考え方があることを知ってほしかったのです……わたしは、今年で十五歳になります。

ここに初めて来たのは十四歳の時でした。わたしは、脊髄性筋萎縮症2型です。筋肉にまったく力が入らないので、歩くことも、うまく体を動かすこともできません。多くの場合、長くとも二十歳ぐらいまでしか生きられないといわれています。ここに来るようになって、自立できるようになったと思います。母に頼らず、自分で行きたいところに行き、それから、買い物もひとりでできるようになりました。母は、わたしが生まれてからずっと、どんな時も、一緒だったのです。一瞬も離れることなく。

趣味は……絵を描くことです。ここのアート・ルームで絵を描いていると幸せな気持ちになります。マーチン・ハウスではたくさん友だちができました。双子の女の子はわ

たしと同じ病気です……今回友だちになった四歳の女の子……ベアトリスです、彼女も、わたしと同じ病気です、そう、あの子の両親はとてもいい人たちです、ほんとうに。ここでできた友だちとは、その後も、メールで連絡したり、家を訪ねたりします。とても楽しいですよ。

ここで、わたしは、いろんなことができることを知り、いろんな人たちと出会い、それから、たくさん話をして……そう、ここに来る前より、ずいぶん自由になりました。本ですか？　ここにいる間は楽しくて、本を読む暇がないのです……でも、読まなきゃいけないと思っています。世界をもっと知りたいのです。

それから(テレビカメラに向かって)、わたしは、みなさんに、いいたいのです。どんな状況でも前向きに生きようとしてください、ということを。前向きに生きようと思わなければ、どんなことでもうまくいきません。もしあなたが幸せにしていれば、周りの子どもたちも幸せな気分になれるのです。あまり気に病まないことです……心配しすぎると、ものごとは悪い方向に向かってしまいますから」

ありがとう、キャットちゃん。

レノアさん、真実を伝える、better な(より善き)人

レノアさん、お会いできて光栄です。

「こちらこそ。なにからお話しすればいいでしょうか。世界で最初の子どもホスピス、ヘレン・ハウスがオックスフォードにできたのは二十五年以上も前のことです。ですから、当時、この地域の子どもたちも、ヘレン・ハウスを利用していました。そして、このあたりの小児科医たちは、そのような施設が、イングランド北部にも必要だと感じていたのです。そこで、彼ら小児科医は、ここ、ボストンスパーの教会の司祭だったリチャード・シードに相談しました。

わたしは、その話を聞いた時……実は、わたしは少しの間、ヘレン・ハウスで働いていたのです……ぜひお手伝いをしたいと願い出ました。それがすべての始まりですね。ヘレン・ハウスの介護長が、わたしの友人だったのです。彼女は、わたしにそこで働くようにいってくれました。

わたしは、それまで、救急の小児病院で働いていました。もちろん、そこでも、多くの子どもたちの死に立ち会っていたのです。でも、病院とホスピスは異なった場所です。

救急小児科に来る子どもたちの大半は良くなります。それは、とても報いのあることです。でも、ホスピスは……死を免れることのできない場所ですが、それでも、死と同じように生というものが大事な場所なのです。子どもたちは、みんな、生き生きして、喜びをもたらしてくれます。

わたしは、ここ以上にいろんな感情を経験する場所に行ったことはありません。ここ以上に深い苦痛を味わったことも、ここ以上に喜びを感じたこともありません。ここは、そういう場所なんです。

最初のうちは、子ども病棟だけで、ティーンエージャーの病棟はありませんでした。でも、両親や兄弟姉妹のための施設は最初からありました。

病気の子どものケアだけではなく、家族もケアしたいと最初から思っていました。あとは、家族の中の、健康な方の子どもにも注意を払いたかったのです。どんなに両親が子どものことを愛していても、家で病気の子どもの世話をしていると、一つのことしかできません。だから、健康な方の子どもには注意が向かなくなりがちなのです。だからそういったことは最初からやりたいと思っていました。

マーチン・ハウスに来る大半の子どもたちは、ここでは暮らしません。ふだんは家で暮らします。そして、ある一定の期間、家族と共に、あるいはひとりで過ごすために、ここにやって来るのです。ここに来る子どもたちの大半は、自宅で亡くなります。そして、わたしたちが、その家を訪れ、あるいは、子どもたちが亡くなった後、家族の方から、ここへやって来るのです。

多くの人たちは誤解していますが、実は、癌の子どもはあまりいません。心臓疾患、肝臓疾患、代謝機能疾患、筋ジストロフィー、たくさんの病気があります。そして、子どもたちはといえば、みんなとても素晴らしい個性の持ち主ばかりです。彼らの道のりに寄り添って歩くということは、圧倒的な経験というしかありません。多くの子どもたちが、尊厳をもって自らの死に対峙してきました。

同じ病気で亡くなった兄妹がいます。彼らは脊髄の病気でした。二人とも自宅で亡くなったのです……彼らは、二人とも、自分の身に何が起こっているのかよくわかっていました。死に直面しているという状況にいて、わたしたち周囲の人間にとても寛大でした。わたしたちや家族にさよならをいう様子は、とても高貴なものだったのです……わたしが死を迎える番になったら、彼らのように迎えられたらといまでも思っています。

実際、死を受け入れることはとても困難なことです……そして、真実を告げることも……イギリスでも、子どもに対して、病気のことで、彼らの生命のことで真実を告げることに困難を感じる親はたくさんいます。けれども、彼らに真実を告げないことは、彼らを疎外してしまうことに、欺いてしまうことになると思うのです。たいていの子どもは、自分がどうなってゆくのかという未来について、おとなよりもずっとうまく向き合うことができるのです。子どもたちには『いま、この時を生きる』という才能があります。それに比べて、ティーンエージャーは、それよりも幼い子どもたちに比べて、難しい立場にあるといえるでしょう。彼らの多くは将来のプランを持っているからです。

ある、若い、素晴らしい女性のことを思い出します。彼女は十八歳で、癌で亡くなったのですが、とても聡明でした。彼女は、大学に行くことも決まっていました。もっと長生きできたら何をしたいかという話をよくしていたので、とてもつらかったと思います。けれども、彼女は最後の日まで、明るさを失うことはありませんでした……正直にいえば、もしわたしが、子どもに『ぼくは死ぬの？』と訊《き》かれたら、最初は『どうしてそう思うの？』と訊き返すことになるかもしれません。たいていの場合、子どもたちはその答えを知っているのです。だから、おとなは子どもが既に知っていることを肯定するだけなのです。

ある母親に、子どもが『ぼくは死ぬの？』と訊ねました。彼女は『わたしたちはみんな死ぬのよ』と答えました。そして、『あなたは病気のせいで、たぶんわたしたちより先に死ぬことになるでしょう。けれど、でも、わたしたちはずっとあなたと一緒にいるし、ケアをするし、そう、そしてあなたが死ぬ時も一緒にいるわ』と。子どもは、この母親の答えにとても満足していました……。

ある父親がわたしに話してくれました……彼の息子の病気と死は、彼をbitterな(敵意を持った）人間にも、better な（より善き）人にもすることができる。でも、彼は息子のために better な（より善き）人にならなくてはならないと思ったそうです。そこで、彼はほかの両親などといっしょにたくさんカウンセリングを行うようになりました。彼はそのことが彼の人生と性格を変えたといっていました。彼は息子の死という、彼の人生の中でもっとも大きな出来事の前に自分をコントロールできなくなったけれど、その死にどう反応するかはコントロールできたというんです。息子の死を契機に、彼は世の中を良くしていくために生きていこうと決めたのです。わたしは、彼を尊敬します。

たくさんの親たちが、子どもの命と死が、自分たちの人生に、それを経験しなければ得られなかった豊かさと深みを与えてくれたというかもしれません。だからといって、彼らの苦痛が消えることはないのですが。

ある母親は、五人の子どもがいましたが、すべての子どもが生命に関わる病気をかかえていました。ひとりの子どもは診断を下されたばかりで、ほかの子どもたちがまさに亡くなろうとしている家を訪ねることは、非常につらいことでした……マーチン・ハウスからの支援を申し出るために、彼らを訪ねたのですが、子どもたちは、それぞれに病状が異なっていて、困惑するしかありませんでした。けれども、母親は、そんな状況でもまったく憤ったりせず、子どもたちの人生を価値あるものにすることだけを考えていたのです。それは、ほんとうにつらい訪問でした……。けれど、同時に、人間というものはなんと強いものだろうかと思ったのです……。そこは、アジア人の家で、余分な食べ物を人びとに分け与える習慣があったのです。その日、わたしたちはとても長い間話をしました。だから、彼女は、わたしに食事を出すことを忘れてしまったのですね。話し終わって、家を出た後、彼女はサンドイッチを持って、走り出て来ました……その子どもたちすべてが死に臨んでいる母親が……」

マーチン・ハウスの庭で

そうやって、わたしは、マーチン・ハウスでたくさんの人たちの話を聞いた。それはあまりに多すぎて、ここに書くことはできない。アートセラピーを担当しているヘレンが、話してくれた、ついこの間亡くなったばかりの女の子のことだって……。その女の子は、母親のことをずっと心配していた。自分が死のうとしていてそのことが母親をひどく苦しめていることを悲しんでいた。だから、最後の瞬間、もう呼吸が止まったように見えて、誰もが亡くなったと思った時、母親が泣き崩れると、不意に目を開き、半身を起こして母親を見つめたのだ……。ヘレンは、その女の子に優しく、「大丈夫よ、お母さんのことは心配しないで、わたしたちがいるから、わたしたちが守ってあげるから、心配しないで、もう行っていいのよ」と囁いた。すると、女の子は、目を閉じ、そして、再びベッドに横たわると、もう二度と目を開けることはなかったのだ……。

美しい庭の奥の方に、ぽつんと人影が見えた。もしかしたら、それは、スタッフの誰かが話していた女性なのかもしれないと思った。「マーチン・ハウスが出来たばかりの頃、ここで子どもを亡くした母親がいて、彼女は、その子の誕生日になると、いまでも、ひとりでここを訪れ、庭の一角にずっと座っているのです。彼女はわたしたちを必要としているのではなく、そうすることで、その子どもを感じることができるのでしょう」。あるいは、そうではないのかもしれない。たくさんの人たちが、ここを訪れる。そして、時間を過ごす。他では、感じることのできない、特別な時間を、だ。

わたしは不思議な気がしていた。マーチン・ハウスが開設されて二十五年、ここを訪れ、そして亡くなった子どもたちの数は千六百を超えている。この本の表紙に掲げた写真は、ここで亡くなった子どもたちのポートレイトが貼られた虹の壁である。わたしたちが取材に訪れた間にも、ひとりの女の子が静かに、カメラクルーの待機している部屋の隣で亡くなった。こんなにも夥しい死に囲まれているのに、ここは、なんと清冽で、明るい場所なのだろうか。ここで、人びとは、たくさんの話をする。それも、ゆっくりと。それから、同時に、たくさんの沈黙を味わう。そして、静かに、また考える。ここでしか感じることのできない時間が流れている。わたしは、レノアさんが、最後に、わたしにいったことばの意味を考えようとしていた。

「世界中が、ここと同じような場所だったらいいのに」

わたしもそう思う。そして、どうして、そう思えてしまうのか、わたしにはわからないのである。

長いあとがき

その日、わたしは、山口県上関町祝島《いわい》にいた。

祝島は面積七・六七平方キロ、周囲は十二・七キロ、弥生時代から漁業を営んでいたといわれている。二〇一三年八月現在、住人の数は四百五十七人、世帯数は三百。高齢化率はおよそ七十二%。この国の「地方」と呼ばれる場所なら、どこでも見られる、典型的な「過疎」の島だ。

この祝島の対岸、田ノ浦に原発を誘致することが決まったのは一九八二年、それからおよそ三十年、この島では、反対闘争が続いてきた。もちろん、これまでも、たくさんの場所で、たくさんの「反対闘争」が起こった。それは、基地への「合理化」という名の下に行われる「首切り」への、公害を引き起こす工場への、農民の土地を取り上げて作ろうとする空港への「反対闘争」だった。そこには、反対する人たちがいて、それを支援する人たちがやって来て、デモがあり、座り込みがあり、それから、時には流血をもたらす衝突もあった。

けれど、わたしが、この小さな島に来たのは、その「反対闘争」を眺めることでも

（そんな非礼なことはできない）、参加することでもなかった。わたしには、見たいことがあったのだ。

祝島では、「原発反対デモ」が三十年前から欠かさず行われてきた。この島に、原発が着工される場所があるわけではない。それから、もちろん、「闘争」の「節目」がしょっちゅうあるわけでもない。だいたい、ここは、老人ばかりが住む、静かな島なのだ。そして、この「デモ」には、変わった特徴があった。次の三つの場合、中止になる、というのである。

（1）参加者の身内に不幸があった時

（2）大雨が降った時

（3）風が強い時

なぜ、こんな決まりができたのかというと、参加者がみんな高齢だからだ。知り合いや身内が次々死んでゆくし、雨が降ったり、強い風が吹くと、からだにきついのだ。無理はしないのである。

わたしは、この話を聞いて、ここには、なによりユーモアがある、と思った。三十年もの間、休まずに「デモ」が続いている理由がわかったような気がした。

震災が起こり、原発事故があって、全国で「反原発」の動きが起こっていた。その動きとは別に、この小さな島で、ずっと、静かに、「闘争」を続けてきた。もしかしたら、それは「闘争」と呼ぶべきものではないのかもしれない。だとするなら、それは何だろう。そして、わたしは、自分の目で、それを確かめてみたい、と思った。

祝島には宿泊施設が二軒しかなかった。一軒目は連絡がとれず、もう一軒で電話口に出た女性は「いま病気で寝ているから世話はできないがそれでもいいか」といった。わたしたちは「それでかまわない」と答えた。

「夕飯の用意もできないけれど」

「どこか食べられるところはありますか？」

「食堂があるけど、明日は休みですよ」

「わかりました。食べるものを用意していきます」

わたしはなんだかとても楽しかった。楽しいことが待っているような気がしたのだ。

翌日、わたしが旅館に着くと、ほんとうに、おかみさんは蒲団を敷いて寝ていた。わたしたちは、二階に上がった。しばらくすると、下からいい匂いがしてきた。階下に行くと、見知らぬ女たちが、台所でなにかを作っていた。

「なにをしているんですか」と訊ねると、女たちは「あんたたちの夕飯を作っているんだよ」と答えた。

「すいません、どなたですか？」

「隣の家の者です」と女たちは笑っていい、当たり前のように、隣の家の人間が病気だから手伝っているだけだ、と付け加えた。そして、夕飯を作り終えると、さっさと隣の家に戻っていった。

ことばにすると、「助け合い」になる。けれど、その中身は、そのことばでは言い表せないような気がした。

月曜夕方のデモに参加することにした。デモに参加するのは四十年ぶりだ。夕方六時半を過ぎて、三々五々、島の人たちが集まりはじめた。全部で五十人ほどだろうか。ほとんどが老人で女性だった。時間になると、デモ隊は出発した。老人ばかりなので、歩くのは遅い。そして、時々、立ち止まって、シュプレヒコールが起こる。「げんぱつ、はんたーい」とか「海を汚さないぞ、汚させないぞ」とか。でも、その周りには、誰もいない。小さな島の、家と家の間の、街灯も無い真っ暗な、細い路地を、ぬうように、デモ隊は進んでゆく。参加しているおばあさんたちはみんな割烹着を着ていて、シュプレヒコールより、おしゃべりに夢中だ。昨晩見たテレビの話なんかをしている。途中で、どこかの家から、手を拭きながら、おばあさんが出て来て、デモの隊列に加わる。それから、逆に、「ご飯作らなきゃ」といって、おばあさんが、隊列から出てゆく。こんな風にして、デモは三十年続いてきた。わたしは、そのゆっくりとしたデモの隊列の中にいて、一緒に四十分ほど歩いた。周りから聞こえてくるのは「世間話」ばかりだった。それがとても心地よかった。

おそらく、何十年も、いや何百年も続いてきたものが、ここにはあって、それが、突然生まれることになった「デモ」の背後にある。何百年も続いてきたものと接続されることで、それは生き延びることになった。

島の産業は、農業と漁業だ。七十歳を超える老人たちが、崖のような急峻な斜面で蜜柑やビワと向かい合い、あるいは海に出る。わたしは長い一本の道を、島の高いところへと歩いていった。畑と畑の間に放り出されたように原野があった。主が亡くなると、畑は放棄されるのである。それは少しずつ広がっているようだった。

どの畑にも、ぽつんとひとり老人がいて、時には、蜜柑を満載にした籠を背負ったまま、道路に座っていた。そして、歩いているわたしに、「どこから来た？　蜜柑食っていくか？」と、籠から蜜柑を手渡してくれるのだった。

さらに、わたしは歩いて、島のもっとも高いところにある平萬次《たいらまんじ》さんの「棚田」にたどり着いた。棚田とは、急な斜面に水田を作るやり方の一つだ。城壁のような石垣を築いてゆき、その上に水田を作る。それから、また、その上に石垣を築いてゆく。そうやって、何層もの棚状になった水田を棚田と呼ぶのである。祝島にある、壮麗な棚田は、萬次さんの祖父の亀次郎という人が三十年かけて一人で作り上げた。亀次郎さんは石工だった。石工としての本業の合間に、山の上から一つ一つ、巨石を落とし、巨大な伽藍のような棚田を作った。亀次郎さんが、その棚田を作ったのは、自分のためではなく子孫のためだった。孫や、その子どもたちが食べていけるように、と作ったのだ。

萬次さんに会い、棚田に腰かけて、お話を聞いた。そこからは、瀬戸内海が、美しく広がって見えた。萬次さんも、子どもや孫が、食べてくれるのが嬉しくて作っているのだ。

「ここで稲を作るのも、わたしまででしょう」と萬次さんはいった。そして、「おじいさんも同じことをいっていた」と付け加えた。

「もともと棚田があったところは原野でした。だから、この田んぼも原野に戻るのです」

この祝島の人たちの暮らしをドキュメンタリー映画にした『祝《ほうり》の島』(纐纈《はなぶさ》あや監督、二〇一〇年)に、忘れられないシーンが二つある。

一つは、何年も生徒のいなかった小学校が再開され、入学式が執り行われるところ。先に入った二人が、三人目を迎える。実は、三人は兄弟なのだ。その入学式に、おばあさんたちがたくさん出席して、涙ぐんでいる。親戚でもなんでもない。けれども、そこにいるのは、入学してくる子どもを、彼女たちはみんな自分の孫のように感じているからだ。

　もう一つは、やはり八十歳を超える伊藤さんというおばあさんのところに、同じ年かさの老人たちが、仕事を終えると毎晩集まる。なにをする、というわけではない。炬燵に足を突っ込んで、よもやま話をするだけだ。中には、横になったまま眠ってしまう老人もいる。時には、伊藤さん以外、みんな寝てしまう。そして、最後に、伊藤さんが「さあ、起きて」と声をかけたりする。彼らが、伊藤さんの家に集まるのは、みんなひとりで暮らしているからだ。家には、話す相手がいないのである。それは、一年三百六十五日開催しているお茶会だ。


　ゆっくりと坂を下りてゆく社会がある。ほんとうは、わたしたちが生きているこの国全体が、そうやって「下りて」いるのかもしれない。けれども、わたしたちは、その事実を認めようとはせず、いまも、かつての「経済成長」の夢を見ようとしている。まだ「上へ」行けるのだ、と考えようとしている。

　かつて、祝島の人口は二千人を超えていた。いや、さらに、その遥かずっと以前には、祝島は、瀬戸内の海上交通の要衝だった。そして、いまは、静かに原野に戻ろうとしている。数千年、あるいはもっと以前の状態に、である。

　ここに住む人たちは、そのことをよく知っているように思えた。そのことを知って、それでも悲しみに沈むことなく、日々の暮らしを淡々と続けた。そのことの意味を、わたしは考えた。いや、その思いを感じとろうと努めた。

わたしは広島県尾道市に生まれた。そこには母親の実家があって、わたしは、小さい頃から、折に触れて戻った。祖父の母である曽祖母は、広島ではなく、確か隣県の岡山に住んでいて、ほとんど記憶にない。けれど、その曽祖母は、わたしが生まれたのを喜び、小さな草鞋《わらじ》を作ってくれたのだ。

曽祖母は(その前の世代はずっと)農民で、生まれてから死ぬまで働きつづけた。外の仕事ができなくなっても、九十歳近くで亡くなる寸前まで、家の中で働いた。その、ほぼ最後の仕事が、曽孫のための草鞋作りだった。思えば、曽祖母は、その生涯を誰かのために働いて過ごした。もちろん、曽祖母にはそんな意識はなかっただろうが。

祖父は、自分の母親である曽祖母の晩年について「神さまみたいだった」とよくいっていた。老いた曽祖母に働いてもらわなければならないほど、岡山の実家は貧しくはなかった。だから、曽祖母は「労働」ではなく、贈り物として、日本中に飛び散った孫や曽孫のために、彼女の得意とする草鞋を作ったのだ。そして、贈り物を作り終わると、その家でいちばん日当たりのいい部屋に戻って、一日を過ごした。周りの者たちは、曽祖母を大切に扱った。晩年は痴呆が進んだが、それゆえいっそう「神さま」のように見えた。これは、母を通して聞いた祖父のことばである。

けれども、恩知らずなことに、わたしは(というか、わたしの両親は)すぐに、その贈り物を失くしてしまった。そんな見すぼらしいものは必要なかった。使う必要などなかった。というより、わたし(や両親)にとって、曽祖母や、彼女が作った草鞋に代表される「田舎」は、出て行った場所であり、戻ることのないところだった。わたしたちは、古くさい田舎から脱出して、都会へ来た世代だった。


祝島で、わたしは、曽祖母のことを思い出していた。いや、わたしには曽祖母の記憶がない。だから、わたしの知っている「田舎」のことを思い出そうとした。そして、わたしは、いままでそこに住んでいた人たち、曽祖母や祖父母たちのことを、一度もきちんと考えようとしたことがなかったのに気づいた。わたしは、忘れていたのだ。自分たちの、都会での暮らしに忙しく、わたしたちを送り出してくれた人がいたことなどすっかり忘れていたのである。

都会へ出て行った者たちが忘れても、残された者たちは、彼らを忘れない。そして、戻って来ない者たちのために、米を作る。一年に一度だけ戻って来る者を待って、日々、厳しい労働に勤《いそ》しむ。そこでの労働は、もちろん過酷だけれど、苦役ではないように、わたしには思えた。振り返ってみて、わたしたちがしている労働は、どうだろう。「誰か」

のためなのだろうか。ただ自分のためなのだろうか。だとするなら、なんだか寂しい。わたしの曽祖母のような人たち、祝島で静かに働く老人たちのような人たちを残して、続く世代は、古い場所を棄てた。そして、いまの、この国を作った。その末に、わたしたちは、自分たちがしたことの結果に苦しんでいる。そして、ふと、出て来た場所を思い出すのである。あの人たちは、いまでも生きて、暮らしているのだろうか。

*

福岡市にある「宅老所よりあい」を訪ねたのは、祝島に出かけてから一年ほど後のことだった。

「よりあい」は、とても奇妙な施設で、簡単にいうなら、「自宅から通う認知症の高齢者のための民間施設」ということになる。だが、それでは、「よりあい」について、なにも説明したことにはならない。この特別な施設のことを説明するためには、この国で「老人たち」がどのように扱われているかを知らなければならない。

曽祖母ほどではないにしても、かつてこの国で、老人たちの多くは、「神さま」に属していた。老人たちの経験は、若い世代にとっても必要だったのだ。だが、次から次に、新しいものが生産される時代になった時、老人たちの経験には意味がなくなった。それと同時に、家族の単位が小さくなった時、老人たちは居場所を失った。要するに、働く能力を失った彼らは、気がつけば「不要」の人となっていたのである。

医療技術の進歩にともなって、彼らはよりいっそう長生きするようになった。そして、それと引き換えのように、様々な「病」を、たとえば「認知症」という「病」を背負い込んだ。「不要」の度合いは増したのである。「不要」の人を養う余裕は、いまの家族にはなくなった。老いた彼らは、この国中に広がった無数の施設に収容されるようになった。

わたしのゼミの学生が、そんな老人たちを収容している施設のひとつで働いたことがある。そんな施設にも、資本主義の論理は浸透していた。つまり、そこでも、コストは優先されていた。徘徊を防ぐために、老人たちは、ベッドに縛りつけられた。いちいちトイレに連れてゆくのは手間がかかるので、ずっと紙オムツをはかせるようになった。そして、食事はというと、ご飯も味噌汁もおかずもすべてミキサーにかけられ、ドロドロになった粘体物を、彼らの口中に流しこむのである。

学生は、施設での仕事が終わった後、わたしにこんな風にいった。

「あそこで生涯を終えるぐらいなら、その前に死んだ方がよっぽどましです」

厚生労働省の調査では、全国の認知症高齢者は四百六十二万人、六十五歳以上の高齢者の約十五％にあたる。また、「軽度認知障害」と呼ばれる「認知症予備軍」は、四百万人以上ともいわれる。この数字は、控えめなものだ。近い将来、わたしたちの国は一千万人以上の「認知症」の老人で溢れるのである。だが、その老人たちの姿を見ることはないであろう。それは、つまり、徘徊し、記憶の衰えた、あるいはまったく記憶を失った老人たちが大量に施設に収容される時代が到来するということだ。

彼らは、社会から隔離され、暴れると縛りつけられるか、鎮静剤で眠らされ、それから、強制的に食事をとらされる。束の間の時を施設で過ごし、やがて、この世を去るはずである。

そのような未来をおぞましいと考える人たちが、二十年と少し前、「宅老所よりあい」を始めた。

「大学在学中には、いろんな病院で実習し、アルバイトもしてみました。ある精神科の病院の老人病棟では、何百人という『痴呆』のお年寄りが人生の最後を暮らしていました。私にとって、そこでのお年寄りの姿は、決して生涯忘れることはできないと思います。

自分の洋服と、自分の髪型と、自分の顔をして、自分の足で歩いて入ってこられたお年寄りが、一～二週間が過ぎ、一カ月もすると、みなさん同じ顔になっていく。もう誰が誰だかわからなくなる。髪は短くカットされ、つなぎ服を着ています。それを力ずくで外そうとしたり、短期間で歩けなくなって、一日中ほとんど寝転がったままの人、ことばが出なくなってギャーギャーと叫び声を上げている人。ここで見たこと感じたことが、今日の私の原点になっているのです」

（下村恵美子『九八歳の妊娠――宅老所よりあい物語』）

その場所には、毎日、十数人の認知症の高齢者たちが通って来る。そこは、街中にある、ふつうの民家だ。そして、陽光が差す居間に、老人たちは座っておしゃべりを始める。ユニフォームを着た職員が、老人たちを並ばせて、一斉に唄を歌わせたりはしない。そこでは、なにもしない。ただ、生活をする。「宅老所よりあい」は、そういう場所だ（ちなみに、職員はみんな普段着だ）。

オシッコをしたい人は、したくなったら、あるいは、したそうにしたら、したくなるだろうと思える頃に、職員がトイレに連れてゆく。徘徊をしたくなったら（したくてするわけではないのかもしれないけれど）、というか、ふらりと外へ出ていこうとしたら、職員は、黙って、その老人の、少し後をついてゆく。食事の時間になったら、ひとりひとりの老人のペースに合わせて、ゆっくりゆっくり一口ずつたべさせてゆく。食事は、どれほど時間がかかっても、口からとる。食べるということは、生きることだからだ。

老人病棟に入り、なにも食べられなくなって、鼻の穴から食道にチューブを通して栄養を与えられていたおばあさんがいた。食べる力などないので、胃に穴を開けて直接栄養を流し込む「胃ロウ」を勧められていたおばあさんは、ここに来て、ふつうに食べられるようになった。好きなものを、自分の好きなペースで食べることができたからだ。薬づけになって、ベッドから一歩も出ることができなくなり、ただ寝るだけで「余命幾ばくもない」といわれた別のおばあさんも、ここに来て、薬を全部やめたら、すっかり元気を取り戻した。ここには暮らしとゆっくりしたリズムがあった。

楽しそうに話しているおばあさんたちがいた。気がつくと、そのふたりの話は何度も同じところをループしている。それでいいのだ。その閉じられた、お話の空間の中で、おばあさんたちは生きているのである。

わたしのところに、ちいさなおばあさんが来た。ぼんやりしている。どうやら、ほとんど目が見えないらしい。職員が、おばあさんに話しかける。寂しくない？　寂しくないです、おかあさんがいるから。そうだったわね。おとうさんもおねえさんもいるから。いつも話しているものね。はい。

おばあさんは、「宅老所よりあい」から少し離れたところにある家に、ひとりで住んでいる。目が見えなくても大丈夫なのは、そこが何十年も住んでいるところだからだ。彼女の頭の中には「地図」ができている。そのおばあさんは、近所も歩く。時々、なにもないところで立ち止まってたりしている。昔、おばあさんがよく通った駄菓子屋かなにかがあったところだ。おばあさんは、やはり「地図」に従って歩いているのである。

だから、迷うことはない。ある意味では。

家に戻ると、「おとうさん」や「おかあさん」や「おねえさん」がいる。その、懐かしい家族たちと一緒に、おばあさんは暮らしている。世間の人たちは、「ボケ」ているとか、「認知症」とか、おばあさんのことを呼ぶのだけれど、それはなんだかちがうような気がする、と職員のひとりがわたしにいった。


人は必ず老いる。あなたたちも、わたしもだ。「老い」は病気ではない。では、「ボケ」とか「認知症」とか呼ばれるものは、どうなのだろう。老人の三割とか四割とかが、そうなってゆくのだとしたら、それを「病気」と呼んでもかまわないのだろうか。

世間や政府や社会と呼ばれるものは、さっきのおばあさんを「ボケ」てしまったとか「認知症」だとかいって、薬を処方したり、施設に入れようとする。だが、ほんとうにそうなのだろうか。「宅老所よりあい」を始めた人は、病院で働いていた時、癌で亡くなってゆく「認知症」の患者が、ほとんど痛みを感じないことを知って驚いた。それは、死にゆく人たちへのプレゼントのように思えた。

ゆっくりと坂道を下りてゆくように、「老い」と共に、記憶も失われてゆく。それは、人間という生きものに備わった叡知なのかもしれない。「認知症」の老人たちの多くは、楽しかった頃の記憶だけが、まばゆく点在する空間に移行してゆく。痛みも悲しみも苦しみも寂しさも感じない、特別な場所に去ってゆく。それは、動物としての人間にとって、当たり前のことなのかもしれない。だから、「宅老所よりあい」では、「ボケ」も「認知症」も病気とは考えない。それは、「生」から「死」へ向かうみちすじの、最後のプロセスの一つなのだ。

そんな風にして、時間が緩やかに過ぎてゆく光景を、わたしは眺めていた。老人たちの周りに、穏やかな職員たちの姿があった。職員たちは「介護」をしているのではなく、老人たちと遊んでいるように見えた。そんな彼らを包みこむように、近在の人たちの姿もあった。彼らは、時に、「宅老所よりあい」や、「よりあい」に付属しているカフェを訪ねてきた。また、時には、「徘徊」する、いや、誰も知らない自分だけの「地図」に従って歩んでいる老人の行方を、職員に知らせた。そして、最後に、「いつかわたしも老いたら、ここに来ていいですか？」というのだった。

＊

わたしは旅をしていた。

始まりは、わたしの子どもが大きな病気にかかったことだったのかもしれない。そのことは書いた。ことばにすると、「弱い人たちを訪ねる旅」ということになる。だが、それは正確ではない。「弱い人たち」ということばも。

　老人も子どもも障害者も、あるいは、様々な理由で「弱い」といわれている人たちも、訪ねてみれば、弱くはなかった。いや、そうではない人たち、つまり、わたしのように、「ふつう」の人たちの方がずっと「もろい」のではないか、とわたしは思った。

　わたしたちには、彼らが必要なのだ。「弱い人」をその中に包みこむことのできない共同体がいちばん「弱い」のだ。

　わたしは、「弱い」人たちと会うごとに、強く励まされる思いがした。彼らは、なにもできずに、放り出されているように見えた。けれども、そこで、彼らは、わたしたちにはない、もっと「強い」なにかを持って佇んでいるようでもあった。

　わたしたちは、「弱い」存在として生まれる。赤ん坊は「弱い」。庇護されなければ、僅かの時間も生きていくことはできない。そのことを、いつの間にか、わたしたちは忘れる。忘れて、自分が「強い」、自立した人間であると思いなす。そして、また、時がたって、わたしたちは「老い」衰える。「弱い」ものとなる。元に戻るのである。

　だとするなら、「弱さ」とは、わたしたちがもともと持っている属性なのかもしれない。ただ、忘れているだけなのだ。いや、忘れさせられているだけなのだ。

　「弱さ」こそが、わたしたちの本性なのかもしれない。裸のわたしたちは、どんな動物よりも弱々しい。放置されれば、食物を取るやり方もわからず、すぐに死んでしまうかもしれない。

だから、わたしたちは、社会を作り、ことばを作った。そして、「弱さ」を忘れようとしたのである。

百年以上前から、この国は「坂の上の雲」を目指して歩んでいたという。そうだったのかもしれない。人口は増えると決まっていた。給料は上がるのが自然だった。明日は、今日より、良くなるのは当たり前だった。いまは貧しくても、遠くない未来には、豊かになると信じられた。あの頃は不可能だったことも、いつかは絶対に可能になるはずだった。けれども、いまはちがう。そんな気がする。

わたしたちは、緩やかに坂を下っているのかもしれない。そして、そのことは、かつて想像したように、恐ろしいことでも、忌まわしいことでもないような気がするのである。そのことをわたしに教えてくれたのが、「弱い」人たちだった。わたしが、この本で書いたのは、そのことについてである。うまく伝わることができればいいと思う。

＊

重症心身障害児・障害者のための通所施設、「でら〜と」「らぽ〜と」を訪ねたのは、二〇一二年の春だった。重症心身障害児・障害者とは、重度の肢体不自由と重度の知的障害の両方を持つ人たちのことだ。彼らは、他の「弱者」と同様に、多くの場合、その生涯を施設で過ごすか、そうでなければ、家庭で親が面倒を見ることになる。いずれにせよ、社会との交流を絶たれる。そのことに肯《が え》んじえなかった親たちが、「通所」施設、家に閉じこもることなく、家から通う施設、を作ろうと立ち上がった。重症心身障害児・障害者が、他の人たちと交われるように、また、親が自分の時間を持つ、自分の生き方を持つことができるようになるためにである。

「でら〜と」で、重症心身障害を持って生まれた赤ん坊を抱かせていただいた。赤ん坊は、わたしの腕の中にいて、たじろぐほど強い視線でわたしを見つめていた。その時、わたしが感じたことは、どう書いても、どれも嘘であるように思える。

ただ、このことだけはいえるように思う。わたしが生涯を捧げようとしている「文学」というものが何に似ているか、と訊ねられたら、わたしは、あの時、抱いていた赤ん坊のことを思い出すのである。

二〇一三年十一月

高橋源一郎

岩波現代文庫版のための長いあとがき

「さよなら、ラジオ」のこと

『二〇一年目の孤独』は、雑誌『GQ JAPAN』に二〇一二年、一三年にわたって連載されたものをさらに修正・加筆して刊行された。読んでいただけばわかるように、この本の中で、わたしは、ダウン症の子どもたちのためのアトリエ、身体障害者だけが演じる劇団、かつては「ダッチワイフ」と呼ばれ、いまは「ラブドール」と呼ばれる特別な人形を作る工房、現代文明を象徴する「電気」を使わぬ非電化製品を作りつづける研究者、クラスも試験も宿題もない、それどころか「先生」や「生徒」といった呼称も、チャイムも校歌も整列も、およそ学校ということばからわたしたちがイメージするものを何ひとつ持たない学校、そして、死んでゆく子どもたちのために作られた場所なのに、何度でも行きたくなるホスピスを訪ね、そこで何を見て、何を感じたのかを書いた。

しかし、この一連の仕事は、この本におさめられたものに留まらない。そのことについて記しておきたい。

マーチン・ハウスを訪ねた箇所でも書いたが、二〇〇九年の正月に次男が急性脳炎になった。彼はぎりぎりのところで死や重篤な障害を免れたが、それ以来、わたしは、そのような、「ぎりぎり」の場所まで行かざるを得なかった、あるいは、そこで、生きざるを得なかった人たちを訪ねるようになった。その一部が、この本に収められたもの、ということになる。

わたしは、この訪問を、当時、大学の同僚であった辻信一さんと『弱さの思想』としてもまとめている。当然ではあるが、『一〇一年目の孤独』と『弱さの思想』のふたつの本、ふたつの研究は、その多くが重なっている。もっとも孤独な者とは、もっとも弱い者でもあるからだ。そして、その研究の真っ最中、二〇一一年三月十一日、「東日本大震災」が起こった。翌月の四月から、朝日新聞で「論壇時評」をはじめたわたしは、この社会全体の変動と変容に向かい合うことになったのである。

最初は、異なったふたつの仕事であったはずの、「孤独」や「弱さ」を追いかける研究と、震災後の社会の変容を見つめる仕事は、やがて、わたしの中でひとつのものとなっていった。大震災もまた、新たに「弱い者」たちを産み出していったからだ。

震災の年の暮れ、ふたりのNHKの職員が訪ねてきた。YさんとKさんである。ふたりは、長くNHKに勤めていたが、「新しいラジオ番組を立ち上げたい」と考え、その新番組のパーソナリティのひとりとして、わたしに白羽の矢が立ったのである。

ラジオリスナーとしての歴史は長い。小学校に入る前から、わたしは、NHKや民放の、多くのラジオ番組を聴いて育った。そのうちのいくつかの番組の主題歌をわたしはいまでも歌える。それから、中学・高校生の頃は、ずっと深夜番組を聴いていた。夜十一時から翌日午前三時まで、ほぼ毎日である。それは若者向けラジオの黄金時代でもあった。わたしの音楽的知識の大半は、そこで養われた。だから、ラジオは、わたしを育ててくれた、大切な乳母のひとりであった、ということもできるだろう。

番組のタイトルは『すっぴん！』で、毎週月曜日から金曜日、午前八時からお昼の十二時までの四時間ということだった。面白いと思った。また、そこでなにか新しい経験ができるように、わたしには思えた。それには、いくつかの理由があった。

当時、もしくは、現在もというべきだが、ラジオは衰えつつあるメディアだと考えられていた。わたしはラジオの全盛期にリスナーになった。それからテレビの時代になったが、特に深夜、わたしがリスナーとして過ごした時期には、負けずに、自らの可能性を切り開いていたように思えた。それから、さらに時が過ぎて、いまやテレビも斜陽産業といわれている。いや、それどころか、かつて、隆盛を誇ったさまざまなメディアが、新聞も、雑誌も、マンガも、総崩れだといわれていた。時代はインターネットなのだそうだった。

しかし、ほんとうにそうだろうか。わたしは作家で、わたしが所属している「文学」

という分野は、気がついたときからもうずっと「終わった」といわれている。「本を読まなくなった」とか「大学でも文学部への入学は減っている」とか「ドイツ語志願者はゼロだ」とか、そんなことばかりずっと聞かされてきた。「弱さ」の研究などと悦にいっている場合ではない。もしかしたら、いちばん弱い、「絶滅危惧種」は、わたしたち作家なのかもしれない。YさんとKさんと話しながら、なんとなく、そんなことを考え、「弱い」もののひとつの現れとしての「ラジオ」という考えが浮かんだ。そして、わたしは、番組の各曜日のパーソナリティのひとりとなった。担当したのは金曜日である。

番組は、思ったよりもずっと長く、二〇二〇年三月まで続いた。だから、わたしの二〇一〇年代の大半はラジオと過ごしたことになる(「論壇時評」は二〇一六年まで五年続けた)。

『すっぴん!』のわたしの曜日には、ふたつ、わたしが中心となって進行するコーナーがあった(時間的には、一時間近くある、ゲストへのインタビューコーナーがメインになっていた。そこで、わたしは、ゲストの書いたものを読み、作ったものを見たり、聴いたりして、たくさんの勉強をした)。

ひとつは、「源ちゃんのゲンダイ国語」というコーナーで、わたしが一冊、本を選び、その中から、適宜、大切と思われる場所を選んで朗読し、その作品について話をする、というものである。概算ではあるが、番組が続いた八年間で、およそ三百五十冊ほどの本を紹介したことになる。中には、既に読んでいたものもあったが、大半は、それまでに読んだことのないものを選ぶことにした。一回目は、宮崎駿のマンガ版『風の谷のナウシカ』の最終・第7巻を選び、最後に、主人公のナウシカが、真の敵対者と対峙するところを朗読した。ラジオのリスナーは顔が見えない。もちろん、作家にとって、読者はいつもそうだ。だが、小説の読者とラジオのリスナーがちがうのは、小説の読者は、たいていは、わたしが作者であると知って、わたしの作品を積極的に読もうという気持ちで対してくれる。しかし、ラジオのリスナーは、そうではない。小説という場所では、わたしは、ホームにいるが、ラジオという場所では、あくまでアウェイにいるのだ、と思うことにした。そして、できるだけ、わかってもらうよう努力した。そのせいだろうか。その三百五十冊ほどの中に、小説は、ほとんどなかったように思う。ラジオという媒体と小説は、よく似ているが、ちがうところはちがう。そのこともよく考えた。

コーナーに与えられた時間は二十分弱で、その短い時間でひとつの小説作品の素晴らしさを、ラジオという媒体で、「声」を通してリスナーに理解してもらうのは簡単ではなかった。だから、わたしは、主に小説以外の本、もっとずっと直接的に「音」あるいは「声」として伝わりやすい本を選ぶことにした。反響は、想像していたよりもずっと大きかった。その中には、朗読あるいは紹介の後、数時間後にはＡｍａｚｏｎで本の売れ筋ランキング全体1位にまでなった本もあった。なにかを強く求める人たちが、向こうにいるのだ、とわたしは感じた。

もうひとつのコーナーが、「源ちゃんのゲンバ」である。それは、ディレクターであるYさんと共に、どこかの「現場」を訪れる、という企画であった。

どこを訪れるかをYさんと話し合った。いま、この時代、この社会にとって、訪れる意味がある場所をYさんと考えた。

実は、この本におさめられたものの中では、ダウン症の子どものための絵画教室、身体障害者の劇団、電気の哲学者、子どもたちのための学校の四カ所は、「源ちゃんのゲンバ」での取材がもとになっている。また、「長いあとがき」で書いた、「宅老所よりあい」や、重症心身障害児・障害者のための施設も、この「ゲンバ」で取材したものだった。

わたしは、作家として、取材したことはほとんどなかった。ただ想像力だけで書くと決めていた、といえば聞こえはいいが、外に出ることが億劫だっただけなのかもしれない。たくさん取材をする作家、あるいは、ドキュメンタリーの作り手に畏敬の念を抱きながら、それはわたしには縁のないことだとずっと思っていた。そういう意味では、次男の病気から始まった「弱さ」への旅は、さらに、わたしを遠くへ連れていくことになったのだと思う。

「ゲンバ」では、ここに紹介したもの以外の場所や人も訪ねた。そのことは、またいつか書くことがあるかもしれない。

Yさんは、ディレクターとして番組の中心にいて辣腕をふるったが、とりわけ、わたしの曜日のコーナー、「ゲンバ」は、彼と共に作り上げたものだった。

Yさんは、わたしの想像していた「放送局員」像、とりわけ「NHK放送局員」像とはまったく異なっていた。繰り返し会って話をするうちに、彼が、文学に造詣が深いこと、というよりも、文学の愛好者であることがわかってきた。Yさんは、ある外国語大学のスペイン語学科の出身で、専門がラテンアメリカ文学だったのである。Yさんの口癖は「早く、NHKを退職して、南米を旅したい」というものだった。

Yさんは、「ゲンバ」をわたしと作り上げたが、NHK職員によくある転勤で地方の放送局に移った。「もう戻れない」と嘆いていたが、数年で、また『すっぴん！』に戻ってきた。Yさんの執念が上を動かしたのである。Yさんが戻って来たときには、もう「ゲンバ」のコーナーはなくなっていたが、それでも、Yさんは特色あるゲストを考えて招いた。

夏と新年に「特別番組」を企画したのもYさんだった。テーマは「戦争と文学」で、わたしとふたりで、「戦争」のさまざまな側面を考えてテーマにし、それにふさわしい作品を選定し、ゲストを招いた。そして、わたしとゲストは、朗読し、話をした。戦争のどんな部分をテーマにして、どんな作品を選ぶか。すでに、書き尽くされ、言い尽くされたように見えながら、そこには、まだたくさん、いや、いまこそ、問うべきものが匿されているように思えた。そのことが、わたしには驚きでもあった。

こういう言い方は奇妙に聞こえるが、わたしとYさんは、文芸雑誌でさえできない企画を練り上げ、文芸誌の編集者とも交わしたことのない濃密な会話を経て、番組を放送した。

たとえば、「戦争の向こう側」というタイトルで放送された回で、わたしとYさんは、考えた末に、向田邦子の『父の詫び状』におさめられたエッセイ「ごはん」、小松左京の「戦争はなかった」という短編、野坂昭如の『戦争童話集』の一篇、を選んだが、番組放送直前になって、この三人が、それぞれ一九二九年、三〇年、三一年生まれ、すなわち、終戦時に、十四歳から十六歳であることに気づいた。彼らは、おとなの認識を持ちながら、自分で生の選択をすることは許されない、「弱い」存在であった。だからこそ、それから七十年以上を過ぎても、彼らの作品は読むに値する、読んでもまったく古びてはいないのである。

そもそも、「戦争」こそ、人びとがもっとも、その「弱さ」に直面する場所である。わたしは、「戦争」の、ひとつひとつのシーンを朗読し、ゲストと語り合いながら、これはもう終わってしまった、遠い過去の物語ではないのだ、と強く感じた。そのことは、マイクの向こうで、息を殺して聴きいってくださっていたリスナーにも通じたように思えた。

　放送である以上、制約はあった。またNHKという放送媒体ゆえの制約もあった。それは仕方のないことだったが、少しずつ、その制約は強くなっていったように思う。けれども、制作スタッフは、その限界内で、懸命にかつ誠実に、番組作りをつづけた。どんな事態に置かれようと、「それ」はつづけられなければならないのだ。

　番組は二〇二〇年三月で終了した。想像していたよりもずっと長い番組になったのである。その最後の年度、途中で、復帰していたYさんから、NHKを辞めて新しい道へ進むつもりだ、ということばを聞いた。

「なにをするの？」と訊ねると、Yさんは、にっこり笑って、こう答えた。

「とりあえず会社員をやめて、自由になって、久しぶりに南米をブラっと旅することにします。念願だったんですよ！　もちろん、タカハシさんの番組の手伝いはしますよ。戦争特集もね！」

　それから、少したった頃のことだった。番組終了後、スタッフが集められ、プロデューサーがこのように告げた。

「驚かれるかもしれませんが、Yさんが亡くなられました」

　仕事で出張していた奥様が帰宅すると、倒れているYさんを発見したのだ。死後一、二日たっていたそうだ。死因は、頭部を強打したことによる脳出血と診断された。

Yさんはお酒が好きで、よく飲む人だったが、決して強くはなく、よく酔った。後で聞いたところでは、何度も、その場で倒れたことがあって、そのときにはケガもした。もしかしたら、今回も、同じことが起こったのかもしれない。

わたしは、通夜と葬儀のいずれにも出席したが、棺の中のYさんは静かに眠っていて、自分が死んだことも気づいてはいないように見えた。何度も話したし、何度も飲みに行ったこともあったが、ほんとうにしたいことはなにか、というようなことは話さなかった。もちろん、そう訊ねられて、わたしに即答できるのかはわからないが。

番組のディレクターは、黒子であって、表舞台には出てこない。けれども、その番組にとっては必要欠くべからざる存在である。Yさんは、文学を目指し、スペイン語を学び、それから、大きな放送局に入社し、当人にとっては不自由な環境のもとで、決して節を曲げず、ずっと番組を作りつづけた。彼にとっての晩年にあたる時期に、わたしと出会い、おそらくは、彼にとっても、やりたかったものに近いものを作る機会を得ることになった。だからこそ、会社を辞めて自由になる決断もできたのだと思う。葬儀の会場の外へ出て、わたしは、ほぼYさんが独力で現場を決めていった、あの「源ちゃんのゲンバ」の最終回を、Yさんを主人公にしたゲンバでやりたかったな、と思ったのだった。

その「ゲンバ」で、長く、わたしたちは、「弱い」者たちを追いかけてきたが、ある意味で、典型的なサラリーマンの道を黙って歩み、その仕事が成果があるものだとしても、そこに名前が刻まれることのないYさん、あるいは、世界中のYさんたちもまた、「弱い」者の典型であるだろうからだ。もちろん、わたしたち人間には、誰しも「弱い」部分がある。そのことを忘れぬために、わたしたちは、「弱さ」を探しつづけてきたのである。

Yさんが亡くなって、少したって、『すっぴん！』は最終回を迎えた。コーナーである「源ちゃんのゲンダイ国語」も、もちろん、最後の回だったが、そこでは、初めて、そのコーナーのために短編小説を書き下ろして、朗読だけをすることにした。タイトルは、「さよなら、ラジオ」と決めた。

主人公の孤独な少年は、祖母を見舞うたびに話を聞くが、その祖母の傍らに、見たことのない機械を見つける。それは「ラジオ」という機械で、かつて、人びとがそれに耳をかたむけたことがあるものだった。少年の時代には、もうその記憶すらないのだった。そして、かつて看護師であった祖母は、看護師になった初めの頃、担当することになった少年の話を、自分の孫にするのである。交通事故で脳に障害が残り何十年も眠りつづける少年の枕元にはラジオがあった。その少年はラジオ好きで、植物状態になってからもずっと両親がラジオを聴かせていたが、両親が亡くなった後には、眠りつづける少年にラジオを聴かせてくれる者はいなかったのだ。担当になった若い看護師は、亡くなった両親の代わりにラジオを少年に聴かせた。やがて、ラジオ番組そのものも地上からなくなると、看護師は、ひとりで私設の「ラジオ局」となって、少年の耳に「放送」をつづけた。かつて少年であった、もう年齢もわからない「男性」が亡くなるその日まで。

祖母の枕元のラジオは、その、かつての少年が持っていたラジオだったのだ。

わたしは、そんな物語を書き、番組の最後に朗読した。眠りつづけ、ついに起きることのなかった少年の名前には、Yさんの名前をつけた。

その話を孫である少年に語って数日の後、祖母もまた亡くなる。たったひとり、生きて人間として祖母の臨終に立ち会った少年は、もう何十年も、スイッチが入ったことのない、電源も入ってはいないラジオに突然、灯がつき、そこから音が流れ始めることに気づく。それは、少年が生まれて初めて聴く「音楽」というものだったのだ。

二〇二〇年六月

高橋源一郎

本書の文と写真は、雑誌『GQ　JAPAN』に掲載された。単行本化に際して修正・加筆を施し、一部改題した。ただし、年齢・肩書き等は取材当時のものである。

「いいんだよ、そのままで」　二〇一二年十二月号
「たいへんなからだ」　同十月号
「愛のごとく」　同六月号
「電気の哲学者」　二〇一三年六月号
「山の中に子どもたちのための学校があった」　同四月号
「尾道」　同十二月号
「ベアトリスのこと」　同八月号
「ここは悲しみの場所ではない」　同十月号

本書は二〇一三年十二月、岩波書店より刊行された。文庫化にあたり、「岩波現代文庫版のための長いあとがき」を加えた。

101年目の孤独——希望の場所を求めて

2020年7月14日　第1刷発行

著　者　高橋源一郎《たかはしげんいちろう》

発行者　岡本　厚

発行所　株式会社　岩波書店
〒101-8002 東京都千代田区一ツ橋2-5-5
案内 03-5210-4000　営業部 03-5210-4111
https://www.iwanami.co.jp/

印刷・精興社　製本・中永製本

ISBN 978-4-00-602326-3　Printed in Japan

岩波現代文庫創刊二〇年に際して

二一世紀が始まってからすでに二〇年が経とうとしています。この間のグローバル化の急激な進行は世界のあり方を大きく変えました。世界規模で経済や情報の結びつきが強まるとともに、国境を越えた人の移動は日常の光景となり、今やどこに住んでいても、私たちの暮らしは世界中の様々な出来事と無関係ではいられません。しかし、グローバル化の中で否応なくもたらされる「他者」との出会いや交流は、新たな文化や価値観だけではなく、摩擦や衝突、そしてしばしば憎悪までをも生み出しています。グローバル化にともなう副作用は、その恩恵を遥かにこえていると言わざるを得ません。

今私たちに求められているのは、国内、国外にかかわらず、異なる歴史や経験、文化を持つ「他者」と向き合い、よりよい関係を結び直してゆくための想像力、構想力ではないでしょうか。

新世紀の到来を目前にした二〇〇〇年一月に創刊された岩波現代文庫は、この二〇年を通して、哲学や歴史、経済、自然科学から、小説やエッセイ、ルポルタージュにいたるまで幅広いジャンルの書目を刊行してきました。一〇〇〇点を超える書目には、人類が直面してきた様々な課題と、試行錯誤の営みが刻まれています。読書を通した過去の「他者」との出会いから得られる知識や経験は、私たちがよりよい社会を作り上げてゆくために大きな示唆を与えてくれるはずです。

一冊の本が世界を変える大きな力を持つことを信じ、岩波現代文庫はこれからもさらなるラインナップの充実をめざしてゆきます。

（二〇二〇年一月）

岩波現代文庫［文芸］

B318
振仮名の歴史
今野真二

「振仮名の歴史」って？ 平安時代から現代まで続く「振仮名の歴史」を辿りながら、日本語表現の面白さを追体験してみましょう。

B319
上方落語ノート 第一集
桂　米　朝

上方落語をはじめ芸能・文化に関する論考・考証集の第一集。「花柳芳兵衛聞き書」「ネタ裏おもて」「考証断片」など。〈解説〉山田庄一

B320
上方落語ノート 第二集
桂　米　朝

名著として知られる『続・上方落語ノート』を文庫化。「落語と能狂言」「芸の虚と実」「落語の面白さとは」など収録。〈解説〉石毛直道

B321
上方落語ノート 第三集
桂　米　朝

名著の三集を文庫化。「先輩諸師のこと」「不易と流行」「天満・宮崎亭」「考証断片・その三」など収録。〈解説〉廓　正子

B322
上方落語ノート 第四集
桂　米　朝

名著の第四集。「考証断片・その四」「風流昔噺」などのほか、青蛙房版刊行後の雑誌連載分も併せて収める。全四集。〈解説〉矢野誠一

2020. 7

岩波現代文庫[文芸]

B323
可能性としての戦後以後
加藤典洋

戦後の思想空間の歪みと分裂を批判的に解体し大反響を呼んできた著者の、戦後的思考の更新と新たな構築への意欲を刻んだ評論集。〈解説〉大澤真幸

B324
メメント・モリ
原田宗典

死の淵より舞い戻り、火宅の人たる自身の半生を小説的真実として描き切った渾身の作。懊悩の果てに光り輝く魂の遍歴。

B325
遠い声
―管野須賀子―
瀬戸内寂聴

大逆事件により死刑に処せられた管野須賀子。享年二九歳。死を目前に胸中に去来する、恋と革命に生きた波乱の生涯。渾身の長編伝記小説。〈解説〉栗原　康

B326
一〇一年目の孤独
―希望の場所を求めて―
高橋源一郎

「弱さ」から世界を見る。生きるという営みの中に何が起きているのか。著者初のルポルタージュ。文庫版のための長いあとがき付き。

2020. 7